NOTICE SUR L'ÉGLISE SAINT-ELOI

A DUNKERQUE

NOTICE

SUR

L'ÉGLISE SAINT-ÉLOI

A DUNKERQUE

Par Victor DERODE

——o○﹔○○——

A PARIS:
Chez Didron, libraire-éditeur, rue St-
Dominique St-Germain, 23.

A DUNKERQUE:
Chez tous les libraires.

DUNKERQUE
TYPOGRAPHIE BENJAMIN KIEN, RUE NATIONALE, 22

1857

NOTICE SUR L'ÉGLISE SAINT-ÉLOI

A DUNKERQUE

~~~~~~

Si la plupart des hommes éprouvent un vif désir de connaî-
tre les évènements qui intéressent leur patrie, leur ville natale
ou leur propre famille, les chrétiens ne sont pas moins curieux
de savoir comment leur religion s'est établie, comment elle
s'est développée, et comment elle s'est maintenue dans la
contrée. De toutes les luttes qui ont agité le monde, celles
qui concernent la foi leur semblent les plus dignes d'attention.
Ce sont, en effet, celles qui influent davantage sur les destinées de la nation et le bonheur des peuples.

Par une conséquence toute naturelle, le temple n'est pas
un édifice comme un autre. Ce monument, où les fidèles se
réunissent pour prier ; cette église, chaque jour sanctifiée par
le divin sacrifice ; ces voûtes, échos quotidiens de la parole
sacrée ; ces murs séculaires qui ont déjà vu se succéder tant
de générations... tout cela réuni, ce n'est pas tout simple-
ment des pierres, du ciment, de la maçonnerie ; ce n'est pas
une de ces constructions vulgaires d'où l'on sort froidement
comme on y est entré ; dans ce temple, nous y avons tous
laissé quelque chose de nous-mêmes, de nos affections, de
nos souvenirs !

Et si la guerre a menacé ces parvis sacrés ; si la flamme en
a compromis l'existence ; si l'hérésie en a voulu ternir la sainteté ; si une licence impie en a profané les arceaux... il
n'est personne, parmi les fidèles, qui puisse rester indifférent
au récit de ces catastrophes. Nous voulons ouïr ces relations
comme nous tiendrions à entendre raconter l'incendie de la
maison paternelle, l'invasion qu'y aurait faite l'émeute ou la
révolte ; de même que nous nous plaisions à écouter le récit
de la visite de quelques illustres personnages...

C'est pour satisfaire à cette légitime curiosité que nous présentons au lecteur les notions que nous avons rencontrées sur l'église Saint-Eloi de Dunkerque.

I.

L'ÉGLISE INTRA-MUROS.

D'après des récits traditionnels qui ne sont pas démentis, il paraît qu'au VIIe siècle St-Eloi vint visiter Dunkerque, ou plutôt la bourgade qui se trouvait éparse sur une portion du territoire de la ville actuelle.

Quel était alors le nom de cette bourgade? C'est un point que nous avons traité dans une notice spéciale, et nous y renvoyons le lecteur (1).

Dans cette bourgade était un temple à Woden ou Odin.

Caduc et mal bâti (ainsi que le dit un mémoire écrit à Dunkerque au XVIe siècle), ce monument fut, sur le conseil du saint missionnaire, consacré au vrai Dieu, sous l'invocation de St-Pierre, le patron des pêcheurs. Cette transformation, conforme aux intentions du Souverain Pontife, convenait à une peuplade dont la seule industrie était la pêche.

C'est le premier édifice religieux dont les annales de Dunkerque fassent mention.

Pleins de reconnaissance pour St-Eloi, leur père spirituel, les habitants érigèrent bientôt, en son honneur, une petite chapelle qu'il ne faut pas confondre avec le temple païen dont nous venons de parler.

Il y a donc pour la ville, quel qu'ait été son nom primitif, deux faits se rattachant à l'origine: 1° la consécration à St-Pierre d'un temple payen ; 2° l'érection à St-Eloi d'une chapelle érigée en son honneur par nos ancêtres convertis (2).

Cette dernière était située vers le point où se coupe aujourd'hui le prolongement de la rue Dupouy et de la rue

(1) *St-Gilles, St-Eloi.* Dunkerque, 1856 (*Mémoires de la Société Dunkerquoise*).

(2) Voir notre *Histoire religieuse de la Flandre maritime*, chapitre I, page 9.

Nationale. Telle est la conviction résultant de l'étude particulière que nous avons faite de cette question.

Nous voudrions bien qu'un monument commémoratif fût érigé en cet endroit (1), et nous avons l'espoir que ce vœu patriotique sera un jour exaucé.

Mais outre la chapelle St-Pierre et la chapelle St-Eloi, il y en avait une à St-Gilles; autour de cette dernière se groupa *St-Gillisdorp,* aujourd'hui disparu, mais dont l'emplacement nous est révélé par la rue St-Gilles.

---

(1) Ce monument servirait non-seulement à perpétuer un souvenir précieux, mais il contribuerait à l'utilité et à l'ornement de la ville, si l'on adoptait pour l'exécution un plan analogue à celui que nous allons exposer.

Le besoin de fontaines publiques à Dunkerque se fait sentir plus vivement chaque année, et les voix qui le proclament deviennent aussi chaque jour plus nombreuses et plus respectables. Nous voudrions donc que le monument à élever fût une fontaine.

Ce serait, si l'on veut, un emblème général pour indiquer que la foi religieuse apportée en ce pays par St-Eloi est une source où l'âme trouve à se désaltérer.

Au centre d'un bassin s'élèverait un tertre, sur lequel se tiendrait St-Eloi. On verrait agenouillés, devant lui, à gauche, un des farouches Morins le regard à demi convaincu ; mais cédant au respect qu'impose le saint apôtre; à droite, une jeune femme présentant au baptême son enfant et emmenant avec elle sa vieille mère.

De la main de St-Eloi, tenant une coupe, s'échapperait sur le front du nouveau-né l'eau baptismale, dont la succession non interrompue indiquerait la persistance de la foi dans le pays.

Tombée plus bas, cette eau, jointe à celle que fourniraient des tuyaux convenablement disposés, formeraient une cascade dont la nappe reçue dans une grande vasque se distribuerait en trois jets formant trois bassins correspondant aux rues latérales.

Il serait convenable que ce beau quartier de la ville reçût quelques améliorations qu'il réclame : un beau pont faisant suite à la rue de Furnes conduirait au-delà du canal ; la place, qui prendrait probablement le nom de St-Eloi, serait entourée d'édifices réguliers, et les façades seraient conformes à un plan adopté par la ville. Cette uniformité serait bientôt obtenue par l'exemption d'impôts (pendant un certain temps) accordée à ceux qui s'y conformeraient.

Nous n'insistons pas sur ces détails et sur une foule d'autres que le sujet comporterait. Ce n'est pas ici le lieu de s'en occuper ; mais nous avons la confiance que cette idée trouvera des approbateurs.

Carl Elshoecht a ébauché un projet de fontaine réalisant ce programme. Avec cette indifférence ou ce mauvais vouloir qui n'est pas sans exemple dans le siècle où nous vivons, on laissa passer sans s'en occuper le moins du monde cette nouvelle avance d'un artiste que son talent, son désintéressement, son patriotisme auraient dû mieux appuyer auprès de ses concitoyens.

Ainsi, trois chapelles et deux bourgs voisins, voilà ce qui se trouvait à cette époque primitive sur le territoire occupé au XIXe siècle par la belle ville de Dunkerque.

Exposés aux attaques des barbares qui, à tant de reprises, se sont précipités sur la contrée, les hameaux et les édifices religieux furent plus d'une fois ruinés, rétablis, renversés de nouveau. La chapelle St-Gilles et le groupe qui l'entourait, plus voisine du rivage, fut entourée de murs au Xe siècle et prit alors le nom de Dunkerque.

Placée extrà-muros, la chapelle St-Eloi resta seule exposée aux déprédations des étrangers et des partisans. Plus d'une fois les habitants du bourg durent se réfugier derrière les remparts voisins et ne revenir qu'après que le péril avait disparu.

Par suite de ces vicissitudes, l'édifice, plusieurs fois incendié, pillé, détruit... avait enfin pris une physionomie qui n'avait plus rien de l'apparence primitive. Il en fut de même pour le hameau qui diminua peu à peu et devint un simple faubourg de la ville de Dunkerque.

Il resta autour de l'antique sanctuaire un certain nombre de maisons. Dans les moments de calme on y revenait encore, et au XVIIe siècle, les registres de la ville nous apprennent qu'il s'y trouvait encore trente-trois feux.

A l'intérieur de la ville close, l'église St-Gilles avait été bâtie vers le lieu où est aujourd'hui l'hospice civil. On a rarement fait mention de cette église, dont l'existence ne peut cependant être l'objet d'un doute sérieux.

Indépendamment de la mention formelle qui en est faite dans le manuscrit déjà cité, une réflexion en convaincra. La première église de St-Eloi intrà-muros ne remonte pas au-delà du XVe siècle. Or, de Bauduin III en 963, à Philippe-le-Bon en 1440, il s'est écoulé près de cinq cents ans, et les habitants ne sont pas restés cinq siècles sans un édifice pour y remplir les devoirs du culte.

Un mémoire écrit sur les lieux, peu d'années après l'érection de l'église de 1440, mentionne positivement cette église oubliée, et ajoute que dans l'édifice élevé vers 1440 on employa des matériaux provenant de celui que nous signalons. Des ossements trouvés en grande quantité dans les terrains avoisinant l'hospice laisseraient penser que c'est là que se trouvait l'église en question et le cimetière qui en était voisin.

Du Xᵉ siècle au XVᵉ il y avait donc à Dunkerque : 1° *extrà-muros*, la chapelle St-Eloi dont nous parlerons particulièrement tout-à-l'heure, et 2° *intrà-muros*, l'église que nous restituons. C'est de la cure de cette église qu'il est parlé dans ce titre où Thierry d'Alsace accorde à l'abbaye de St-Winoc la dîme de l'église de Dunkerque (1).

Ruinée par la guerre, la chapelle extérieure avait été néanmoins relevée et augmentée.

Un château-fort, bâti par Robert de Cassel au XIIIᵉ siècle, était une sorte de redoute placée à l'angle S.-E. des remparts. Il se trouvait entre les deux sanctuaires. On sait qu'au milieu des conflits qui bouleversèrent si souvent la Flandre, cette redoute, cette citadelle assiégée et prise d'assaut fut ruinée de fond en comble. Il n'en reste plus d'autres vestiges que le nom, conservé dans celui de *rue du Château.*

Au XVᵉ siècle, l'église *intrà-muros* était devenue insuffisante ; on songea à en bâtir une nouvelle plus spacieuse.

Si l'on s'en rapportait à de simples allégations, on admettrait que près de la porte de la Bedze (qui était alors vers le lieu où est aujourd'hui la citerne militaire) il avait été élevé une grande tour pour servir de fanal et de signal de reconnaissance aux vaisseaux et en même temps pour être le clocher de l'église qui en était cependant assez distante ; en 1440 on résolut d'y adjoindre des nefs ; trois années suffirent pour mener à bonne fin cette grande entreprise.

L'emplacement de cette seconde église était celui où se trouve aujourd'hui notre église St-Eloi ; mais le plan et le style de l'édifice n'avaient aucun rapport avec ce que nous avons aujourd'hui (2).

Le plan était celui d'une croix latine ; quant au style architectural, on peut en prendre une idée en considérant les deux colonnes en briques engagées dans les contreforts de la tour et dans les ogives qui subsistent encore sur un des côtés.

Dans cette construction on employa les matériaux de l'autre

(1) *Histoire de Dunkerque* par Faulconnier, I, p. 12.
(2) Faulconnier, I, 35, en donne une vue fort incorrecte mais suffisante pour faire apprécier.

église intrà-muros et du château de Robert qui, jusque-là, étaient à l'état de ruines.

Les choses restèrent ainsi pendant un siècle environ. En 1558, la ville, ayant été prise par les Français (1), fut livrée au pillage. L'église ne fut pas épargnée; l'incendie en détruisit même une partie.

Quelques jours après la rentrée des habitants, le magistrat (2) rassembla dans la sacristie les principaux maîtres de pêche de la ville. Il leur montra qu'on ne pouvait plus faire le service divin à couvert. Il les engagea à contribuer à la restauration en reprenant l'usage traditionnel du *Filet-Saint*. Le conseil de l'amirauté, le prince de Renty et d'Aremberg; Ambroise Spinola, marquis de Bulbaes; Francis de Moncada, marquis d'Aytona; le marquis de Mansfeld, et autres grands personnages, prêchèrent d'exemple et firent d'abondantes avances. Bientôt le temple fut reconstruit sur un nouveau plan et d'après des dimensions différentes. La croix grecque remplaça la croix latine, le style ogival tertiaire donna à la construction une physionomie toute différente. Une abside poligonale relia les deux nefs latérales communiquant par des arcades reposant sur des piliers formés d'un faisceau de nervures prismatiques se prolongeant jusqu'aux voûtes, où elles sont réunies par des clefs en forme de pendentifs. Des fenêtres ogivales traversées de meneaux, partie *flamboyants*, partie *renaissance*, y donnèrent entrée à la lumière. La magnifique église de Brou (Ain) nous montre dans toute sa splendeur et son admirable richesse ce que comporte le style de cette nouvelle construction.

L'église de 1440 avait pour caractère des colonnes massives, des baies larges; celle de 1558 prit le caractère opposé. Le style ogival avait pourtant perdu de cette influence exagérée qui, au XIe siècle, suivant M. de Caumont, avait fait démolir des églises solides et récemment bâties pour en édifier d'autres dans le genre nouveau (3).

(1) Faulconnier, I. p. 59 et suivantes.

(2) Faulconnier (f° 63) indique 27 Juin pour le jour de cette réunion. C'est une erreur, car (au f° 60) il dit que le 9 Juillet l'armée pillait encore la ville.

(3) Le style ogival était depuis long-temps appelé *Gothique*, quoique

La partie de l'église (de 1440) la plus voisine de la tour ne fut pas restaurée, soit que l'on en remît l'achèvement à un autre temps, soit qu'on eût déjà l'intention de l'abandonner. Un mur élevé dans l'intérieur partagea en deux la longueur de la nef principale. La partie qui comprenait le chœur fut seule achevée. Par la suite, le mur de séparation devint une façade ; un passage fut établi au-devant et finit par devenir une rue.

Quoique cette reconstruction soit postérieure à 1558, on a conservé jusqu'en 1850 une portion de verrière indiquant le chiffre de 1541. Que rappelle cette date? C'est ce que nous n'avons pu découvrir.

Lorsque le magistrat se mit à l'œuvre pour réparer le ravage de la guerre (1558), on chercha d'abord à « *conserver en entier la vaulsure* (1559); ayant dû renoncer à ce projet, on mit au concours (1) la reconstruction de la voûte ; un charpentier de St-Omer obtint le prix (2). Telle est l'origine de la voûte que nous voyons aujourd'hui.

A peine échappée à ce grand péril, l'église eut à en redouter de nouveaux.

Les réformés s'étant rendus maîtres de la ville, ils s'emparèrent de l'église, la pillèrent et la profanèrent en l'accommodant à leur culte.

Après ces tristes années, la province rentra sous la domination du roi d'Espagne. L'église St-Eloi, rendue au culte, fut consacrée de nouveau par l'évêque d'Ypres ; c'est alors que

dans la contrée des Goths on n'ait trouvé aucun édifice de ce style. Ce qu'il y a de remarquable dans l'histoire de ce même style, c'est que tout en reporte l'origine *vers le Nord*. Tandis que nous en faisons honneur aux Goths, le Midi semble l'attribuer à nous Flamands; et dans des contrées plus méridionales, en Sicile par exemple, on l'a dénommé *le style français....* Quelle que soit la contrée où il a pris naissance, toujours est-il que les principales cathédrales ogivales françaises sont du XIIIᵉ siècle : Amiens, 1222; Reims, 1211; Rouen, 1212 ; Paris, 1163 ; Ste-Chapelle, 1245 ; Beauvais, 1225....

(1) 15 mars, registre des comptes de la ville, année susdite.

(2) Au compte de la ville pour l'année 1561, on lit cette mention: «.... Au carpentier de Saint-Omer d'avoir débité le meilleur patron pour « faire la courbe sur la nef de l'église bruslée... » Il semblerait d'après cela que la voûte seule ait été reconstruite; mais comme la partie qui existe aujourd'hui diffère en tout de l'ancienne dont les vestiges sont adhérents à la tour, il faut admettre une construction *nouvelle* mais *partielle*.

furent tracées les croix rouges que la récente restauration a
mises au jour sur les piliers dépouillés de leur badigeon.

Comme expiation de leurs excès passés, les rebelles et
leurs adhérents furent imposés personnellement et spécialement pour la reconstruction du lieu saint ; c'est du produit
de ces amendes que fut acquis le magnifique autel en marbre
et albâtre qui figura au chœur jusque vers la fin du XVIIIe
siècle (1) et dont plusieurs auteurs font hommage à la générosité du duc de Parme.

Divers travaux eurent lieu ensuite et à diverses reprises,
sans qu'on puisse bien apprécier leur effet sur l'ensemble.
Ainsi, on supprima le portail au nord (1599); quelques années
après (1601 et 1602), on le rétablit. L'on restaura alors les
colonnes de l'est et du nord. En 1617, *quatre nouvelles fenêtres furent ajoutées au chœur.* En 1618 fut construite *une
nouvelle aile.*

Après la guerre et l'hérésie, ce fut le tour de la négligence. Des ouvriers plombiers, en réparant la toiture, y mirent
le feu (1667). La chapelle St-Pierre en souffrit considérable-
ment. Il y avait à l'extérieur de la chapelle et contre le mur,
un hangard ou magasin où se trouvait un baril de poudre ;
une explosion terrible fit périr plusieurs personnes ; les vitraux de trois fenêtres furent brisés; les meneaux durent être
remplacés. Cependant trente années s'écoulèrent avant qu'on
songeât à y porter un remède sérieux. Pendant ce temps, les
eaux fluviales s'infiltrèrent. En 1723, il y avait encore à y
travailler (2).

En cette occasion, et (comme c'est la coutume invariable)
trop tard, on promulgua la défense d'accoler à l'église aucune
construction particulière ; et l'on songea à abattre plusieurs
de celles qui avaient été tolérées jusque-là.

Cependant il fallut renouveler les ancres (1683) et faire
d'autres réparations coûteuses, lorsqu'un nouvel incendie se

(1) Suivant Faulconnier (1 p. 97), cet autel aurait coûté 25 mille florins
(ce qui équivaut à 75,000 fr. de nos jours), outre 177 florins donnés à Eve-
racrt Ackerlant pour l'avoir doré. Mathieu Vanderhaghen, habile sculpteur,
était l'auteur des statues.

(2) Au compte de l'église de 1723, on lit: « A Michel Pumperneel pour
avoir fait le pignon de l'église neuf du côté que le magasin de l'artillerie
était tombé. »

déclara dans l'église même, dans la chapelle du Saint-Sacrement ; tout y fut détruit : les métaux précieux qui composaient les divers ornements de l'autel furent fondus ; plusieurs personnes dévouées y furent plus ou moins blessées (1).

C'est par une suite d'évènements de ce genre que le bel édifice perdait peu à peu tout caractère architectonique.

Mais du moins on comprend les dégradations que la force majeure exécutait ; celles que le XVIIIe siècle et le XIXe y ajoutèrent n'ont plus cette excuse : c'est de sang-froid et de propos délibéré que tout ce que nous allons dire fut exécuté.

En 1731 les combles de la partie abandonnée de l'ancienne église (celle qui était contiguë à la tour) furent enlevés. Le mur de façade fut formellement constitué. Toutefois, ce ne fut que cinquante ans plus tard que l'on érigea le fronton grec que nous voyons aujourd'hui, et qui est une imitation de celui du Temple de Néron à Rome.

Dès 1777 on parlait d'élever une façade monumentale. On avait d'abord proposé une souscription pour en couvrir les frais ; on crut préférable de recourir à une loterie, et l'on s'en occupa quelque temps, jusqu'en 1785, qu'on y renonça définitivement. En 1782, on s'était arrêté au plan dont nous voyons aujourd'hui la réalisation partielle.

L'architecte Louis supprima tous les murs qui séparaient les chapelles (2). Il recula les parois au niveau extérieur des

---

(1) Cet incendie eut lieu le 22 Novembre 1691. Le sieur Otto Van Benkhuyse, en voulant éteindre le feu, faillit être lui-même réduit en cendres. Le compte de 1692, t. 97, nous fait savoir qu'il y brûla « *son chapeau, deux boucles d'argent et une paire de bas...* » Ses brûlures furent pansées par le sieur Herrewyn... Dans ce sinistre, le tabernacle fut entièrement consumé, ainsi que les rideaux, les boiseries, etc. Il n'est pas jusqu'aux chandeliers en argent qui furent fondus, tant était actif le foyer. La pierre de l'autel fut calcinée et dut être remplacée ainsi que la balustrade qui ceignait la chapelle. Ces particularités sont démontrées par divers articles du livre des comptes que l'on peut voir au volume cité.

(2) Nous croyons devoir consigner ici un document curieux ; c'est un extrait de la délibération du magistrat. « ... Il avait paru désirable tant pour
» le service du roi que pour la commodité publique et l'embellissement de
» la ville de supprimer totalement ces mêmes piliers et arcades qui tombent en ruine et de construire un portail dans l'alignement des maisons
» de la grande rue de l'Eglise, afin d'ouvrir une libre communication entre
» cette rue et la place publique que pour déterminer surement le parti
» qu'il conviendrait de prendre à ce sujet. On avait consulté plusieurs

contreforts, dans la vue d'augmenter la contenance du vaisseau ; il fit disparaître l'autel principal, enleva les balustrades
de marbre du chœur, etc. Tout cela fut trouvé bon, tout cela
fut autorisé, et on consomma tous ces remaniements qui ache-
vèrent de défigurer l'édifice et ne lui laissèrent presque plus
rien de sa physionomie primitive.

» architectes et gens de l'art qui après avoir examiné l'état de l'église
» avaient déclaré qu'il était d'autant plus nécessaire d'y travailler inces-
» samment, que les piliers qui la soutiennent à l'endroit de la jonction de
» la vieille et de la nouvelle nef ayant souffert de l'affaissement les arcs de
» quelques-unes des voûtes étant désassemblées et les voussures tellement
» rompues qu'il a fallu les soutenir avec des étriers de fer, il y avait lieu
» de craindre qu'il n'en résultât bientôt des accidents funestes qu'on pour-
» rait prévenir par la reconstruction de ces piliers et du portail de l'église
» sans qu'il y eût aucun danger pour le surplus de l'édifice. Que pour
» s'assurer davantage de la vérité de leurs différents rapports et ne rien
» donner au hazard, on avait engagé le sieur Louis, célèbre architecte de
» Paris, de venir à Dunkerque pour vérifier l'état des lieux et en dire son
» avis ; que par l'examen attentif qu'il en a fait, il s'est crû en état de
» garantir qu'on pouvait aisément et sans compromettre en aucune sorte
» la solidité de l'église, supprimer les piliers' et les arcades entre la tour
» et l'emplacement du portail à construire. dans l'alignement de la rue et
» comme le seul inconvénient que ce changement paraissait occasionner,
« était de diminuer l'étendue de l'église déjà trop peu spacieuse relative-
» ment au nombre des paroissiens, il a trouvé moyen de faire tomber
» cette objection en formant un plan par lequel on regagnerait dans l'inté-
» rieur plus d'espace utile qu'on n'en perdra par le raccourcissement pro-
» posé, que suivant ce plan, premièrement, on doublerait les bas côtés en
» supprimant tous les murs de refend contre lesquelles sont aujourd'hui
» adossées les chapelles latérales, reportant ces chapelles à l'extérieur
» dans l'entredeux des piliers buttants ou contreforts, mettant le terrain
» où elles étaient de niveau avec le reste de l'église, et formant par là un
» seul vaisseau espacé librement dans sa totalité. 2° On débarrasserait le
» chœur du corps massif que forme aujourd'hui l'autel occupé et fait perdre
» beaucoup de terrain et se trouve d'ailleurs dans un état de dégradation
» qui exigerait pour le conserver des réparations très-dispendieuses. On y
» substituerait un autel à la romaine placé dans le fond du rond-point et
» soutenu par un baldaquin artistement construit et en même temps qu'on
» remplacerait par des grilles de fer, les balustres de marbre qui entourent
» et obstruent le sanctuaire : que par là, le chœur se trouverait tellement
» agrandi qu'on pourrait donner à la nef tout l'espace d'un entre colonne-
» ment, sans que le chœur ni le sanctuaire en aient moins qu'auparavant
» et l'on y trouverait l'avantage que l'autel étant découvert de tous les
» côtés, le peuple pourroit voir le prêtre et entendre l'office de toutes les
» parties de l'église Qu'en conséquence de ces deux changements ainsi
» que par les moyens que l'on emploieroit aussi pour placer les chaises,
» le dais et tous les ustensiles qu'on laisse aujourd'hui dans l'intérieur
» d'une manière beaucoup plus décente, et telle qu'on ne les verroit plus,
» il est démontré géométriquement que l'espace par la construction du

En revanche, ce qui, à l'extérieur, aurait fait valoir ce portique monumental, fut différé et ne recevra jamais son exécution ; nous voulons parler de l'alignement des façades voisines, de leur élévation uniforme, de l'ornementation du fronton triangulaire (1), de la place publique projetée et qui devait se réunir au marché au Poisson.

Indépendamment de l'union adultère du style grec avec le style ogival qui rend regrettable ce rapprochement de deux choses belles, mais disparates, il est à déplorer qu'on ait choisi pour les fûts des colonnes une pierre si facilement altérable aux agents atmosphériques. Plusieurs parties sont déjà frustes, et plus d'une fois des fragments, tombant du haut des corniches, ont compromis la sécurité des passants.

» nouveau portail sera remplacé par trois fois plus d'espace rendu utile ;
» que l'église contiendra beaucoup plus de monde qu'elle n'en peut conte-
» nir dans l'état actuel, qu'elle aura en même temps une forme plus belle,
» mieux proportionnée, plus majestueuse et que par la suppression ou
» reconstruction de tout ce qui la rend présentement irrégulière, défec-
» tueuse, incommode et même dangereuse, on se procurera un temple
» dont l'aspect et l'usage ne laisseront rien à désirer, que l'embellissement
» résultera des moyens mêmes qui procureront plus de solidité et que
» l'on y gagnera aussi l'avantage de multiplier les entrées autant qu'il est
» nécessaire pour prévenir les engorgements qu'on éprouve actuellement ;
» que le portail aura trois portes et que l'on pratiquera en outre, une
» autre issue ou même deux s'il en est besoin, dans les parties latérales.
» Que le plan qui fait apercevoir d'un seul coup-d'œil tant d'avantages a
» obtenu les applaudissements de tous ceux qui l'ont vu. M. l'intendant
» ayant obtenu des bontés du roi, une partie des fonds nécessaires pour
» l'exécution, auxquels se joindront des secours volontaires que nous
» avons lieu d'attendre des citoyens empressés à concourir à un ouvrage
» qui depuis long-temps est l'objet de leurs vœux et procurera à cette ville
» le plus grand embellissement dont elle soit susceptible, il ne reste qu'à
» se retirer devers l'Evêque diocésain pour avoir son agrément et l'enga-
» ger à régler suivant les formalités requises tout ce qu'il convient de
» faire tant par rapport à l'exhumation dans les parties où il sera néces-
» saire de fouiller que pour le choix de l'église où le service paroissial
» sera transféré pendant les travaux à faire que les architectes assurent
» pouvoir être achevés entièrement dans l'espace d'une seule année.
» Sur quoi, la matière mise en délibération, et tout considéré, il a été
» résolu d'adopter le plan dudit sieur Louis et de demander à Monseigneur
» l'Evêque d'Ypres et à Monseigneur l'intendant les autorisations néces-
» saires pour faire exécuter le plus tôt possible... »
    » Délibéré... le 18 Décembre 1782. Signé Hovelt. »

(1) L'architecte voulait y représenter un prêtre célébrant le saint sacrifice. L'ensemble comportait douze personnages, la gravure existe dans le cabinet de M. Gentil Descamps à Lille.

La destruction de cette pièce monumentale n'est qu'une affaire de temps, et la somme énorme qu'elle aura coûté (1) ne nous aura assuré qu'une ruine et des décombres.

C'est à l'époque de cette adjonction que disparut le clocheton de 1610 ; cette flèche, placée au-dessus du transept, dominait l'église et produisait un effet agréable. C'est alors aussi qu'une large voie devant l'église fut livrée au public, au lieu du simple passage qui avait subsisté jusque-là.

Par suite, les chapelles de l'abside reçurent des boiseries sans caractère, sans relation avec l'édifice; des fenêtres furent bouchées en partie ou en totalité par des transparents.

Vinrent ensuite les jours de la terreur ! Les jacobins s'emparèrent de l'église et la dépouillèrent. Une *montagne* y fut élevée; une prostituée demi-nue monta sur l'autel de la Raison; puis un atelier fut installé dans la *ci-devant église*....

Des jours meilleurs vinrent à luire pour la foi et le culte, mais les réparations partielles méconnurent de plus en plus l'idée artistique qui aurait dû les diriger. Des restes de la sculpture primitive disparurent sous des lambris. En 1850, une restauration plus générale allait remplacer tous les anachronismes antérieurs par un anachronisme immense qui les aurait dépassés et absorbés tous! Heureusement le mal fut prévenu!...

Telle est l'indication sommaire des vicissitudes auxquelles fut soumise notre église St-Eloi. Dans les pages qui vont suivre, nous reviendrons sur les particularités que cet exposé général nous oblige d'ajourner.

---

(1) Les divers mémoires payés pour la confection de ce portique forment un total de 776,767 ₶ 10 ſ, près de 800 mille francs ! Si l'on y ajoutait l'entretien coûteux nécessité, on dépasserait la somme de 1,200,000 fr.

III.

LA CHAPELLE SAINT-ÉLOI EXTRA-MUROS.

La chapelle que les habitants avaient bâtie en l'honneur du saint missionnaire qui leur avait apporté l'Evangile, eut fréquemment à souffrir des irruptions des barbares ; elle se ressentit des guerres si souvent allumées en Flandre. A plusieurs reprises elle fut rebâtie. L'état des fondations, mises au jour vers la fin du siècle dernier, permet d'établir sûrement ce fait quoiqu'il ne soit consigné dans aucune chronique. Dans la dernière construction des parois, on avait employé des matériaux provenant d'un édifice plus ancien. En 1780, Everaert en a relevé et dessiné les fragments les plus remarquables. La plupart étaient peints en rouge ou en bleu (1). Nous avons fait d'infructueuses recherches pour retrouver ces intéressants vestiges du passé. D'après le rapport écrit alors, les moulures, rinceaux, sculptures.... trouvés parmi ces débris, ne présentaient rien de bien caractéristique. Mais une pareille sentence a besoin d'une confirmation sérieuse.

La chapelle avait deux nefs ; le portail était au nord ; l'autel au sud ; la sacristie à l'est. Une partie des fondations avait déjà été fouillée sous Louis XIV.

Everaert, dont les premières découvertes avaient éveillé l'attention, continuait ses recherches. Il avait fait pratiquer plusieurs excavations dans le voisinage, sur l'esplanade Ste-Barbe, jusque dans sa propre maison (2) ; lorsqu'en 1790 il reçut l'ordre de combler sans délai.

Depuis, ces intéressants travaux n'ont pas été repris. Cependant, l'architecte Verbrugghe, faisant creuser les fondements d'une maison sise rue Marengo, trouva dix-sept cercueils qu'il fit transporter au cimetière commun (3) ; une autre personne nous a également affirmé avoir fait une trouvaille analogue dans un endroit peu éloigné du précédent (4).

(1) Voyez notre *Histoire de Dunkerque*, p. 97.

(2) Il demeurait alors au coin N. E. de la rue de Soubise et de Séchelles.

(3) Il est regrettable qu'une exploration convenable n'ait pas eu lieu à ces deux époques dans la vue de s'assurer de l'âge probable de ces restes.

(4) En creusant les fondations pour l'école des Frères de la doctrine

Il en résulte la preuve matérielle qu'il exista jadis en cet endroit une chapelle et un lieu de sépulture. Le souvenir de l'une et de l'autre s'est conservé à Dunkerque, mais les traditions s'affaiblissent et finissent par disparaître ; il est urgent de les consacrer définitivement et de les mettre à l'abri du temps et de l'oubli.

Mû par cette même pensée, M. Debaillencourt s'est occupé de déduire des plans de Carpeau (1) l'emplacement de la cha-

Chrétienne, M. Develle a trouvé des ossements dont il a rempli cinq grandes caisses. Il évalue à une soixantaine le nombre des cadavres ainsi exhumés qui ont été déposés au cimetière commun.

(1) On sait que Carpeau est un ingénieur du siècle dernier qui a publié douze plans de Dunkerque aux diverses époques de son histoire; ces plans sont un témoignage précieux pour le sujet qui nous occupe, parce qu'ils servent à constater l'unanimité des opinions qui placent vers le lieu que nous indiquons l'emplacement de l'antique chapelle.

Hors de là, ils n'ont pas toute la valeur désirable. Ils sont faits sur des échelles diverses qui ne sont même pas toujours indiquées ; les premiers semblent être tracés sans données positives et n'exprimer que de simples hypothèses; le numéro 1 reproduit celui que donne Faulconnier (I p. 8). Il n'a pas d'échelle; le chenal ou passe est orienté du sud au nord, les cinq suivants encourent plus ou moins le même reproche. Le numéro 2 a une échelle et donne une enceinte muraille ; 13 tours et trois portes sans issue sur le port, la chapelle St-Eloi et le cimetière figurent comme sur le plan numéro 1. Le numéro 3 indique deux jetées et nous pensons qu'il n'y en a qu'une jusqu'au XVIe siècle; il y a échelle et indication de la chapelle. Le numéro 4, pour le XIVe siècle, donne les tours du plan précédent ; y ajoute un château à quatre tours; la chapelle est au S.-O. dudit château à 280 toises environ du centre. Le numéro 5, fait sur autre échelle, est pour l'an 1400. Il indique les Récollets, qui sont postérieurs (1438), un passage entre l'église et la tour (ce qui n'eut lieu que 150 ans après). La chapelle ruinée est à 280 toises environ de l'église St-Eloi. Au numéro 6, l'emplacement de la chapelle se trouve sur les glacis et beaucoup plus à l'Est que ne l'indiquerait l'orientation du chenal, qui, cette fois, n'a plus qu'une jetée N.-N.-O. Une gravure de Cochin, en 1641, donne pourtant la vue perspective de la chapelle; un plan de Vanlangren, en 1650, en marque très-nettement la position. Le numéro 7 ne fait plus mention de la chapelle qui subsistait au moins en ruines. Au numéro 9, pour 1695, apparaît la chapelle transférée *intrà-muros* dans l'ouvrage à Couronne. Les plans suivants n'ont plus à en faire mention.

Dans une vue de Dunkerque qui figure dans la *Flandria illustrata*, de Sanderus, III, page 354, on retrouve la chapelle St-Eloi vers le lieu que nous indiquons.

Or, le point de rencontre du prolongement de la rue Dupouy et de la rue Nationale (autrefois St-Eloi, parce qu'elle conduisait à la chapelle de ce nom), est environ à 280 toises ou 560 mètres de l'église actuelle.

Dans une ordonnance de 1757 nous trouvons mentionnée la *rue du Cimetière de St-Eloi*, entre la rue de Soubise et le quai de Furnes.

pelle primitive de St-Eloi et il est arrivé à conclure comme nous le faisons.

Au XVe siècle, l'église érigée intrà-muros avait diminué, sous un double rapport, l'importance de la chapelle extérieure. Celle-ci fut négligée. L'édifice et les ornements s'en ressentirent à ce point, qu'en 1506 le magistrat convoquait tous les artisans employant le marteau ou faisant partie de la confrérie de St-Eloi, et les pressait de fournir leur cotisation pour l'entretien du sanctuaire érigé à leur patron. Les quatorze métiers de la corporation résolurent enfin de restaurer la chapelle qui se trouvait fort compromise.

Les guerres de religion ne lui permirent pas de recouvrer son ancien éclat ; au contraire, elle éprouva de nouveaux désastres, car vers 1580 une partie des matériaux en fut vendue (1). C'était le moment où les protestants étaient devenus dominants à Dunkerque.

Cependant sous le gouvernement réparateur de l'Infante Isabelle, la religion reprit son empire; les murs d'enceinte du cimetière furent relevés et la chapelle se vit encore restaurée convenablement, tant à l'intérieur qu'à l'extérieur. On acheta de nouveaux ornements ; la confrérie fit l'acquisition d'une maison qui fut long-temps nommée *maison St-Eloi* et dont le revenu faisait les premiers fonds pour subvenir à l'entretien (2).

A cette époque, le terrain de la Grande Place où s'élève aujourd'hui la statue de Jean Bart, était bas et inondé : c'était une sorte de marais qui s'étendait vers le Parc actuel de la Marine. Les maisons éparses de ce côté formaient ce que l'on appelait le quartier de *la Bedze*.

En sortant par la *porte de la Bedze*, après avoir passé les

(1) Au registre des comptes de la ville, on lit à l'année 1580 : « Pour
» achat de pierres de chaux venant de l'église St-Eloi hors les portes de
» cette ville; 1582, briques gagnées à démolir l'église St-Eloi hors cette
» ville. »

(2) On lit aux registres de l'église une foule d'articles analogues aux suivants qui prouvent que la chapelle n'était pas entièrement démolie :
« 1630, pour un lustre de cuivre, 40₶ parisis ; 1652, une paix d'argent, 12
» florins ; 1623, une cloche pour la chapelle ; 1654, quatre chandeliers an-
» ciens de cuivre, 30₶; 1639, une mitre neuve pour St-Eloi aux proces-
» sions, 43 fl.; 1643, un calice d'argent doré, 75₶; 1684, une croix d'ar-
» gent, 101₶; 1744, un tableau représentant le Christ, etc., etc. »

longs ponts qui y aboutissaient et après avoir franchi plusieurs tours qui défendaient la ville de ce côté, on arrivait à un sentier conduisant à la chapelle St-Eloi. Ce sentier, le long duquel s'élevèrent successivement des habitations, devint par la suite la *rue St-Eloi* On la désigne encore généralement ainsi à Dunkerque, quoique la plaque officielle porte *rue Nationale* (1).

C'est en 1638 que fut tracé le canal dit de Furnes, et les mémoires mentionnent que la chapelle St-Eloi était *entre le canal et la ville;* ce qui confirme notre opinion sur l'emplacement signalé par nous, et qui justifie bien cette particularité (2).

En 1642 on déposa dans le sanctuaire, et avec une grande solennité, une particule du corps du saint évêque. Les archives nous révèlent à ce sujet une circonstance que nous croyons devoir rappeler:

Dans la vue d'exécuter les travaux nécessaires pour enchâsser la sainte relique, on fit confectionner un marteau d'argent (3). Une fois consacré par ce saint emploi, le marteau figura par la suite à une cérémonie annuelle, qui se répétait d'ailleurs dans plusieurs localités de la Flandre et de l'Artois.

A la fête de St-Eloi, un grand nombre de paysans amenaient à la chapelle leurs chevaux; le curé leur touchait le front avec l'instrument bénit et faisait sur eux le signe de la croix. La tradition qui s'est perpétuée dans nos campagnes, c'est que les animaux revenus de ce pieux pèlerinage étaient, pour toute l'année, préservés des maladies qui frappaient ordinairement la race chevaline.

Quoiqu'il fut dès lors question de transférer ailleurs la chapelle St-Eloi, une gravure, exécutée par Cochin en 1644, nous montre le groupe que formait, vers le lieu signalé par

(1) On dit aussi *rue de la Grosse-Carotte,* de l'enseigne d'un marchand de tabac. — La petite rue située derrière le pavillon dit *des chefs,* s'appelle aujourd'hui rue St-Eloi.

(2) Une rente constituée le 27 Mai 1651, par-devant le magistrat, au profit de l'église St-Eloi, donne hypothèque sur le terrain où se trouvent aujourd'hui les maisons portant les nos 35, 37 et 39 rue Nationale. — Etait-ce une dépendance de l'ancienne chapelle?

(3) Il coûta 64# de gros, soit 180# tournois.

nous, 1° l'édifice religieux surmonté d'une flèche, et 2° les maisons bâties à l'entour et les arbres qui s'y trouvaient entremêlés.

Nous pensons donc pouvoir formuler ainsi le résumé de ce qui précède : la chapelle bâtie par les premiers Dunkerquois en l'honneur de St-Eloi, était située vers le point où se réunit le prolongement de la rue Dupouy et de la rue Nationale.

En 1663, la translation était effectuée. Louis XIV avait racheté aux Anglais la ville de Dunkerque, et il voulait l'étendre du côté du midi. Par suite des travaux ordonnés à cette fin, la maison dite *de St-Eloi* était abattue. Le roi lui-même avait indiqué un autre emplacement (1) : celui où existe en ce moment la chapelle en Basse-ville. Dix ans après (1673), les murs d'enceinte du vieux cimetière St-Eloi avaient disparu; en 1675 on en vendait les matériaux et ferrailles, et la même année la messe était célébrée pour la première fois dans la nouvelle *chapelle St-Eloi* (2), car elle porta d'abord ce nom. De 1676 à 1681, le nouveau cimetière St-Eloi était entouré d'une muraille, et le sanctuaire avait reçu l'ornementation qu'il réclamait (3).

En 1713, alors que la guerre s'était résolue si défavorablement pour la France, la démolition de Dunkerque fut ordonnée. Le petit édifice resta debout au milieu de tant de ruines (4). A cette époque c'était encore la *chapelle St-Eloi en Basse-ville* (5).

Détruite à tant de reprises, transférée à l'écart, ayant perdu son prestige et ses richesses, l'antique chapelle, érigée au patron de Dunkerque, avait encore à souffrir ! A la Révolution, on en fit un atelier. Ce n'était pas encore le terme ! En 1823, elle perdit jusqu'à son nom. Palmaert, grand-doyen de Dun-

(1) Ce terrain avait 64 toises sur 55 ; une portion de la pièce est aujourd'hui comprise dans l'abattoir.

(2) Un chapelain spécial avait été nommé en 1667.

(3) Les registres des comptes nous disent que : « en 1705, la chapelle » fut lambrissée…. En 1710 on achetait, pour le service divin, des vases » d'argent, deux burettes et un plat en même métal,…. etc.

(4) En 1720, on crut devoir transporter aux Capucins les vases sacrés et le saint Viatique.

(5) C'est en 1667, pour la première fois, que nous la trouvons qualifiée de cette façon.

kerque, la consacra de nouveau sous le vocable de St-Martin, son propre patron !

Après ces renseignements généraux sur les vicissitudes éprouvées par la chapelle St-Éloi et l'église du même nom, occupons-nous de l'édifice tel qu'il existe en 1857. Considérons-en l'ensemble à l'extérieur; examinons chacune de ses parties; pénétrons dans l'intérieur; jetons un regard sur les nefs et les chapelles latérales; recueillons le peu de détails que nous possédons sur chacune d'elles... Autant que nous le pouvons, énumérons et apprécions les œuvres d'art qu'elles renferment. On comprendra mieux alors ce qu'il y a à désirer, et l'on pourra juger le plan auquel il est convenable de s'arrêter pour la restauration complète qui, espérons-le, sera un jour exécutée.

III.

— LA TOUR. — LE CARILLON. — L'HORLOGE. —
LES CLOCHES. — LE GUETTEUR.

Pour le voyageur qui approche de Dunkerque, ce qu'il aperçoit d'abord, d'où qu'il vienne, c'est la tour de l'église St-Eloi, dominant la ville et les tourelles.

Du haut de cette tour séculaire, le regard va de Gravelines à la Panne, et de Bergues ou Hondschoote à la rade et au-delà.

Si l'on admet que la ville soit un immense navire échoué sur la côte, au milieu des dunes, la tour en sera le grand mât.

Et en effet, aux jours de fêtes, aux grands jours, on y arbore le drapeau national. C'est de là que la grande flamme se déroule capricieusement au souffle de la brise. C'est aux quatre angles de la terrasse supérieure que se rattachent les pavillons qui pavoisent si coquettement la cité, ainsi que l'on se rappelle de l'avoir vu à l'arrivée de l'empereur Napoléon III en 1853.

Qui n'a pas admiré cette tour lorsque, dans une belle soirée, sa masse sombre dessine sa silhouette imposante sur le velours étoilé du ciel, et que les rayons bleuâtres de la lune lui donnent ces reflets mélancoliques, cette teinte spéciale que poursuit si souvent, et parfois si malheureusement, la palette des artistes.

Cette tour vénérable, nous Dunkerquois, nous l'avons vue dès nos premières années. Cent fois nous avons entendu et répété les quelques traits qui composent son histoire populaire ; elle se mêle à tous nos souvenirs de tristesse ou de joie. De ses flancs s'échappent les sonores mélodies du carillon. Le carillon de Dunkerque a porté au loin le nom de notre ville et l'a fixé dans la mémoire du peuple, bien plus peut-être que le dévouement et l'héroïsme de nos pères ; plus que les triomphes et les revers de la cité !

Du haut de cette tour, nous avons entendu tomber plus d'une fois le cri sinistre que jetait aux vents le porte-voix du guetteur : *Au feu! Au feu!* Nous avons tous entendu ce bruit inqualifiable par lequel on nous avertit que l'heure est sonnée et que la vigie veille à notre sûreté... (1)

Mais sans nous arrêter plus long-temps, approchons...

Le groupe de maisons qui se trouve du côté ouest de la tour est de beaucoup postérieur à la tour elle-même. A l'origine, *le Marché au Poisson* actuel s'appelait *la Place au Bois,* et avait une étendue beaucoup plus considérable qu'aujourd'hui. Sur cette vaste place ouvrait la porte principale de l'édifice religieux, porte pratiquée sous la tour à la face occidentale.

Vers la fin du XVIe siècle, cette porte fut condamnée. L'entrée de l'église fut pratiquée sous deux portails latéraux correspondant l'un à la Grande-Rue au nord, l'autre vers la porte de la Bedze au midi.

A partir de ce moment, les habitations s'installèrent devant la tour, la cernèrent, et finirent par s'y greffer (2) du côté de l'ouest et du nord. D'autres constructions parasites s'attachèrent successivement aux flancs de l'église, sans excepter même l'abside (3).

Des personnes trouvent un certain charme à voir de chétives masures s'appuyer contre des édifices majestueux. A leurs yeux, ce sont des oiseaux s'abritant sous un chêne. Si l'imagination trouve à cela son compte, assurément la perspective n'a guère à y gagner, et la conservation de l'édifice n'a qu'à

---

(1) Passant sur un scrupule de médisance, disons que pendant les heures les plus silencieuses des nuits froides et humides, le guetteur se tait complètement. Nous n'incriminons pas son intention ; nous admettons même que c'est par bienveillance pour ses concitoyens affligés d'insomnie qu'il veut leur épargner le déplaisir d'entendre.... Il s'abstient?.... N'est-ce pas agir comme le sage, quand il doute ? (Ceci était écrit en 1854).

(2) La remise qui est en avant de la tour du côté est, date de 1752. Au registre des comptes de cette année, on lit: « Pour la charpente et la » féraille de la porte cochère et remise au-dessous de la tour faite au ser- » vice de M. le marquis d'Alembon, commandant... » Ce marquis recevait de la ville 150# pour indemnité de logement.

(3) Parmi les logements attachés à l'église, on comptait celui du chapelain, du maître de chant et de quelques autres fonctionnaires de l'église; on y voyait une école, un atelier (werkhuys), etc. Les autres habitués de l'église avaient leur domicile dans cette rue qui en a pris et qui conserve encore aujourd'hui le nom de rue des Prêtres, mais qui n'avait rien de sa direction ni de son apparence actuelle.

y perdre. On paraît être revenu à cette résolution, qui nous semble fort rationnelle, d'isoler tous les édifices importants. Cela est plus particulièrement convenable lorsqu'il est question d'une église.

Au côté nord de notre temple on n'éleva qu'une seule construction, la sacristie, puis la maison presbytérale.

La toiture des nefs présente six pyramides quadrangulaires et six pyramides hexagonales, qui sont en partie couvertes en plomb (1); au centre du transept s'élevait autrefois un clocheton d'un bon effet.

L'église du XVe siècle avait trois nefs égales en hauteur et en longueur, terminées aux deux bouts par un pignon droit. Celle de 1559 avait aussi trois nefs, mais outre son chevet polygonal entouré de chapelles, elle offrait avec l'ancienne une différence notable. Elle comprenait dans la longueur deux parties bien distinctes. De la tour jusqu'auprès du transept, c'était l'église de 1440 (2); de là jusqu'à l'extrémité de l'abside c'était l'église nouvelle, différant de l'autre et par le plan et par la disposition de ses parties.

Si la physionomie du temple a bien changé depuis lors, l'aspect de la ville n'a pas subi moins de variations !

Entre l'église et la porte voisine (la Bedze) se trouvaient deux rangs de maisons sur l'emplacement desquelles on a, depuis, bâti le massif qui est entre l'église et la place Jean Bart. A l'extrémité de la rue de Bergues (alors des Récollets) était la West-porte par laquelle on se rendait à Bergues en suivant la rive droite du canal. A cette porte étaient deux tours au toit conique. De là à l'*Oost-porte*, les autres tours étaient couronnées par une terrasse avec parapets et machicoulis. L'eau des canaux de Furnes et de Bergues étaient de niveau, ou à peu près, avec le sol. Des bestiaux paissaient

(1) Parmi les plombiers qui furent chargés de l'entretien de cette toiture, nous citerons, à cause de l'homonymie, Matthieu Bart (1748) et Jean Bart (1754). Après 1615, la tuile fut employée pour la couverture, qui était d'abord et qui est revenue ensuite, toute d'ardoises. Le plomb n'est employé que pour les cheneaux.

(2) D'après certains croquis et gravures qui ont survécu, il était resté, dans la partie de l'église du XVe siècle, 6 fenêtres, et quatre toits pigramidaux.

sur les terrains sur lesquels on a tracé la rue Nationale, la rue Dupouy, la rue Ste-Barbe, la rue St-Sébastien, etc.

Si la ville a gagné sous ce rapport, il n'en est pas de même de l'église. Dans son état actuel elle ne présente rien de satisfaisant ; de nulle part on ne peut en voir l'ensemble ; le portique lui-même, au-devant duquel se tient la tour, échappe à l'appréciation, car pour le voir en entier, il faut être, à une distance trop rapprochée. Le côté sud et le côté nord de l'église présentent des fenêtree plates à fleur des murs, et sans aucun caractère. Plus avant les murs sont frustes ; les briques disjointes ; et tout atteste qu'une *idée* architecturale proprement dite n'a jamais guidé les personnes chargées de l'entretien ou de la restauration de l'édifice.

On a émis l'opinion que la tour fut bâtie isolée et que ce fut bien long-temps après qu'on y adjoignit les nefs d'une église. On prétend, pour appuyer ce dire, que la tour n'est pas symétrique à l'église et n'est pas dans l'axe de la nef principale.

Remarquons d'abord que cette dernière allégation ne repose sur rien ; la tour est en parfaite concordance avec le reste de l'église. En fût-il autrement qu'on n'en pourrait rien conclure. Il n'était pas plus difficile d'ajuster les nefs à la tour que d'harmonier la tour avec les nefs. Si une bévue avait été commise, elle n'eût entraîné aucune conséquence pour l'époque où elle aurait eu lieu.

D'ailleurs on ne peut supposer qu'on ait élevé une semblable tour pour un simple poste de vigie ; moins encore pour un poste militaire. Rien n'y décèle cette destination. Au contraire, tout lui donne un caractère religieux. Dès l'origine, elle était destinée à porter des cloches et nous n'avons aucune raison de douter qu'elle n'ait été faite pour l'église et en même temps qu'elle. Admettons si l'on veut qu'elle l'ait été plus promptement que les voûtes des nefs ; c'est ce qui paraît probable et expliquerait ce que la tradition rapporte, en exagérant et défigurant la réalité.

D'ailleurs encore, elle a tout ce que le XVe siècle imprime à ses monuments : « Des feuilles de chou frisé décorent les » chapiteaux, décorent des colonnes enchâssées dans deux » des contreforts, des baies geminées surmontées d'un trèfle

» et encadrées d'une arcature ogivale autour de laquelle
» rampe un feuillage qui s'épanouit au sommet en forme de
» double croix. Sur les panneaux surposés à l'extérieur et
» qui cachent la nudité des murs, se dessinent plusieurs
» rangs de petites arcades trilobées... »

D'ailleurs enfin l'isolement absolu de la tour est un fait
récent et ne remonte pas au-delà de 1783.

Il faut donc une fois pour toutes ranger au nombre des
bruits sans fondement l'assertion qui prétend que notre tour
St-Eloi fut bâtie isolée.

Cette tour, si élevée et si tourmentée par les tempêtes, n'a
que 1 mètre 60 à 70 centimètres au-dessous du sol ; elle n'a
pourtant, à ce qu'on assure, pas dévié de la verticale. Si cela
est exact, c'est vraiment merveilleux et digne de l'attention
des gens de l'art.

Du pied de la tour à la plate-forme supérieure on compte
53 mètres. La plate-forme porte une maisonnette toute moderne surmontée elle-même d'un mât, terminé par une
girouette en forme de coq (1). La hauteur de l'ensemble est
de 70 mètres.

De ce point culminant, on jouit d'un panorama magnifique
et unique en son genre; nous avons essayé de le décrire (2)
ailleurs. Plusieurs visiteurs fameux, entre autres Philippe II,
ont voulu juger par eux-mêmes du coup-d'œil qu'on y peut
embrasser. Son nom n'est inscrit nulle part dans la tour. Par
contre, on y trouve poinçonné des noms fort obscurs et parfaitement indifférents.

On raconte qu'au commencement du XVIIIe siècle, les Anglais devenus arbitres du sort de Dunkerque avaient défendu
d'élever aucune tourelle qui dépassât le sommet de la maison
la plus élevée de la ville. La loge du guetteur perchée au

_____

(1) Ce coq mesure 1 mètre du bec à la queue, la maisonnette a été construite lors de la restauration faite en 1835-36. — 25,000 fr. ont été consacrés à remettre en état le haut de la tour. — Le corps de garde anté-
rieur était en bois, entre l'axe de la tour et la face Est. Le mât des signaux
s'appuyait sur une des extrémités.

(2) *Histoire de Dunkerque*, p. 35 et 36.

haut de la tour, laissait une grande marge et rendit inutile la mesure arbitraire imposée par le vainqueur.

La maisonnette, sujet de cette anecdote, fut long-temps habitée par une même famille (celle des Garcia), qui s'y est perpétuée depuis les Espagnols jusqu'à nos jours.

En 1756 et 1760, les tremblements de terre parurent compromettre la solidité de notre tour. On conçut des craintes et, en 1776, il fut défendu d'y faire les sonneries accoutumées, à cause de la vibration que l'on croyait remarquer dans les parois. Depuis lors on a acquis la certitude que ces appréhensions n'étaient pas motivées.

En 1828, un maniaque se précipita du haut de la tour sur le pavé.

De tous les visiteurs de ce monument, le plus redoutable est, sans contredit, la foudre, qui à diverses reprises y laissa des traces de son passage. Le paratonnerre qui doit le prémunir à l'encontre est nécessairement postérieur à Francklin et ne remonte guère au-delà de 1836.

L'administration municipale, propriétaire de l'édifice, conserve avec soin et a fait restaurer la tour. C'est pour sa caisse l'objet de dépenses assez importantes.

Le bas de la tour est une sorte de magasin souvent inoccupé, dans lequel *Reuse* a passé plusieurs années d'une réclusion sévère. Le géant détraqué est aujourd'hui à l'abattoir, où il cache sa honte et son délaissement...

Ne l'y troublons pas... Montons l'escalier de pierre qui se tord en spirale dans la tourelle à droite de la tour et inspectons chacun des étages.

Les trois premiers sont vides.

Le quatrième nous offre une horloge ayant un cadran sur chacune des faces de la tour. En 1562, cette machine, aussi utile qu'elle est ingénieuse, manquait encore. Le magistrat passa un traité avec Victor Nelis, de Gand, qui, moyennant 631 ₶ 10ˢ de gros (4,736 ₶ tournois), s'engagea à la fournir et à la faire fonctionner convenablement. Antoine Decoussemaker, de Nieuport, fut appelé pour peindre et dorer les deux cadrans (1). Soixante-onze ans après (1632), on y ajouta deux

_____

(1) Il reçut pour cet objet 27 ₶ 10ˢ de gros, soit 205 ₶ tournois.

nouveaux (1). Aujourd'hui, l'horloge qui fonctionne est de Lepaute, et a été posée en 1823.

Le quatrième étage contient aussi le mouvement et le cylindre du carillon.

Le refrain devenu historique du *carillon* de Dunkerque a été noté (2). Des moralistes, peut-être trop sévères, le signalent comme ayant contribué à démoraliser en France un trop grand nombre des habitués de certains bals. Pour nous, il nous semble préférable de ne considérer en lui que sa nationalité, sans nous enquérir de l'abus que l'on peut en avoir fait.

Le carillon a précédé l'horloge à la tour. Dès 1476, il y avait à Dunkerque un habile carillonneur dont la réputation s'étendait au loin. Il n'avait pourtant à sa disposition que 28 cloches dont la justesse laissait parfois à désirer. Aussi, en 1548, on travaillait à en améliorer l'accord. La mode était aux carillons ; et pour obéir à ce goût devenu populaire, le magistrat faisait construire sur le Gapaert un second carillon (3) pour accompagner l'horloge.

Le Gapaert était la tour de justice, non loin du château de la dame de Vendôme. De ce château, et de ses tours et de ses murs crenelés, il ne reste plus que le Leughenaer.

Au XVIIIe siècle, on n'avait pas cessé d'affectionner le carillon. En 1736, un tambour ou cylindre était posé (4), et dix-sept ans après, on y faisait à grands frais de nouveaux

(1) Au registre des comptes on lit : « ... à N., maître maçon, pour avoir » faict les deux nouveaux quadrans à la grande tour de l'église, 63₶ 14ſ ».
Comme nous citons souvent des extraits de ces registres, nous croyons devoir rappeler que les comptes y sont faits en livres de gros (7₶ 10ſ tournois) jusqu'en 1662 ; à partir de cette époque, ils sont en livres tournois. Ainsi, 100 livres de 1632 valent 750 livres de 1662.

(2) *Histoire de Dunkerque*, page 76.

(3) On trouve au registre des comptes une foule d'articles analogues à ceux-ci :« 1549, avoir arrangé l'horloge du Quai et l'avoir coordonnée avec » celle de l'église ; 1561, pour le frais et voiture des appeaulx sur le Ga- » paert ; 1633, à Troostenberg, faiseur d'horloges, pour avoir faict et rac- » commodé les horloges de la tour et de la grande église, et ceux de la » tour nommé le Gapaert ».

(4) Au compte de 1736 : « A Guillaume Guillemain, pour le carillon, » 1800₶; plus, pour les cloches et le tambour, 3234₶; en 1753, on payait » de nouveau 11,500₶ à l'horloger et le carillonneur de Gand ». A cette époque, une pièce de canon était employée en manière de poids moteur

changements. Le principal résultat de cette opération mécanique, ce fut la diminution du traitement du carillonneur,
qui, en 1756, ne recevait plus que 150ħ.

A la Révolution, le cylindre fut chargé de répéter les airs
patriotiques, tels que *la Marseillaise, Ah! ça ira!....* et
autres analogues,

De changement en changement, le carillon fut de plus
en plus compromis ; et il était complètement détraqué lorsque,
sur une observation faite par l'auteur de cette notice, à propos de l'inauguration de la statue de Jean Bart, le carillon se
tut pour toujours.

Depuis lors, et grâce à la générosité de M. Gaspard Malo,
qui fit rétablir à ses frais (1) le carillon, la ville a recouvré son
bijou traditionnel. La municipalité consacre 600 fr. pour le
traitement annuel du carillonneur.

Aujourd'hui, le carillon mécanique annonce les quarts, les
demies et les heures. Le Samedi, à midi, et le Dimanche, l'artiste vient, pendant une demi-heure, en frapper les touches
pour le plus grand plaisir de la foule.

Au cinquième étage se trouvent les cloches pour le service
quotidien de l'église et parfois pour les cérémonies officielles
de la ville. On en compte sept de dimensions diverses. Ces
cloches portaient des noms révérés : Jésus, Maria, St-Jean, St-
Eloi, St-Jacques, St-Philippe, etc. (2).

Il y avait un sonneur en chef dit *maître des cloches.* Ses
employés étaient les *bateleurs ;* aujourd'hui il y a un tourier
en chef, deux guetteurs et quelques employés pour le service
des cloches. Les cloches sont mises en branle au moyen de
bascules sur lesquels les sonneurs appuient les pieds.

Après le sac de 1558, les Français avaient emporté jusqu'aux débris des cloches qu'ils avaient brisées; aussi, immé-
diatement après leur départ, il fallut y pourvoir. Philippe de
Duys, habile fondeur de St-Omer, en coula six nouvelles,

---

(1) Il paya, dit-on, de 12 à 15,000 francs. — La cloche de la tourelle St-
Eloi était fêlée ; M. Malo la remplaça par une des cloches du carillon qu'il
faisait rétablir.

(2) Aux comptes de 1735 on trouve : « Pour façon et refonte de trois
» cloches servant à ladite tour de l'église nommées le St-Jean, St-Jacques
» et St-Philippe ». En 1736 on refondait la cloche St-Jean.

pesant ensemble 22,300₶, et qui servirent de basses pour le carillon. Renaud Welleboom restaura la charpente; et le curé Adrien Vandenbrouck en fit la bénédiction les 6 Juin et 26 Juillet 1562 (1).

Les Huguenots firent comme les Français; la révolution de 1793 dépouilla aussi la tour de ces pièces métalliques, qui furent converties en gros sous.

Pour mettre les cloches en branle, il fallait l'autorisation du curé ou du magistrat. Le droit exigé pour la sonnerie faisait l'une des branches les plus productives des revenus de l'église (2).

Le cinquième étage de la tour a son anecdote aussi bien que le sixième. En 1592, des imprudents s'aventurèrent dans les cloches. Le fils de Jacques Pol y fut grièvement blessé par le battant de l'une d'elles. Il en résulta un traitement sérieux qui valut au chirurgien François Barrot des honoraires de 19 escalins qui furent payés par la fabrique.

Lorsque la nef eut été partagée en deux, ainsi que nous l'avons dit, l'entrée sous la tour fut condamnée et deux portails furent établis au nord et au sud de l'église; le portail nord ouvrait sur la rue de l'Eglise, qui était de ce côté une impasse; en 1700 il fut supprimé (3); le mur de séparation fut constitué en façade. On y ajouta des colonnes, des statues (4); au-dessus de la porte d'entrée fut placé l'écusson de la ville, propriétaire du monument (5).

(1) Dès 1519, deux cloches étaient au Gapaert; l'une pour le *Guet*, l'autre pour le couvre-feu de neuf heures. en 1638, Gérard Goelof était préposé pour sonner la cloche du *Gapaert* et le *Coopinghe* (cloche du Mynck).

(2) En 1626, la cloche Jesus se payait 2₶ chaque fois (15₶ tournois); la cloche Maria 20 escalins; St-Jean et St-Eloi 10 escalins; St-Philippe 1 escalin; ladite année les cloches produisirent 808₶ 5 escalins (6061₶ 7ſ 4ᵈ tournois). En 1627, 36₶ seulement; en 1641, 447₶ de gros; en 1668, 992₶ tournois. En 1673, la fabrique paya aux sonneurs de cloches et épistolaires pour la seule messe de sept heures, une somme de 2083₶ 11ſ tournois.

(3) Aux comptes de 1600: à Ryckewaert, pour avoir détruit le portail placé au nord de l'église, 15₶ (112₶ tournois).

(4) 1601: Réparation des piliers de l'avant-église; 1612, pour avoir restauré les piédestaux des 4 colonnes devant l'église; 1660. à Philippe de Cerhem, pour avoir peint les statues qui se trouvaient devant la porte de l'église.

(5) 1660: A Gilles Van den Berghe, pour avoir peint au-dessus de la

Une voie fut ouverte à travers l'ancienne église et le long de la nouvelle façade intérieure. Le passage devint très-fréquenté; les chariots y occasionnèrent mainte fois des dommages auxquels il fallut parer (1). Ce n'est qu'en 1723 qu'on y apposa des lanternes pour la nuit (2). Huit ans plus tard on crut devoir rétablir le portail devant la grande rue, et dégager ce qu'il restait de la toiture de l'ancienne église, en supprimant la porte ouvrant sur le passage et par où la sortie devait en effet avoir bien des inconvénients (3).

Cinquante ans après les murs de la vieille église disparurent eux-mêmes et donnèrent à cette voie publique la largeur que nous lui voyons aujourd'hui.

En 1854, l'église St-Eloi a trois portails sur la façade principale et un quatrième qui vient d'être restauré rue des Vieux-Quartiers. Ce dernier avait été long-temps fermé parce qu'il était une sorte de cachette obscure, une sorte de coupe-gorge.

Avant de pénétrer dans l'église, qu'il nous soit permis d'exposer une réflexion :

Que la religion catholique exerce, sur les arts, un empire bienfaisant; qu'elle les encourage, les favorise, les récompense et les protége... C'est un point au-dessus de toute discussion sérieuse.

Que cette faveur, ces encouragements, ces récompenses, cette protection, soient plus étendus, plus efficaces, plus

(1) 1698 : Façon de quatre pierres de garde posées contre l'église pour empêcher les chariots et carrosses de rompre les murailles, 13# 4 s.

(2) 1723 : Lanternes servant au passage près l'église, 1724: Entretien de deux fanaux au passage entre la tour et l'église pendant les sept mois d'hiver, 150#.

(3) Au compte de 1731 : Pour la dépense faite à la nouvelle porte de l'église du côté du nord faisant face à la grande rue conformément au dessin approuvé par le magistrat le 30 Mai 1731, 1625#; pour avoir fait un nouveau portail à l'église, 260#; peinture en gris de perle du portail ci-dessus et verni la porte neuve sur la rue 46# ; pour façon et rétablissement du pignon de l'église donnant face à la tour après la démolition du comble de la vieille église, 85#.

assurées là, que partout ailleurs , c'est encore un point sur lequel chacun tombera d'accord.

L'architecture, la statuaire, la peinture, la musique, sont les quatre points cardinaux de l'art ; c'est sur ces directions que les plus remarquables productions ont été enfantées pour les temples.

En effet, où trouve-t-on les œuvres des artistes? Dans les palais, dans les musées... mais surtout dans les temples. Or, il y a peu de palais dans un pays; partout au contraire où les hommes sont agglomérés, ils demandent un temple. Dans les musées, les œuvres d'art sont comme les plantes dans nos herbiers, comme des momies dans les catacombes. Elles ne vivent plus : elles achèvent de mourir. Sur les places publiques, elles restent exposées aux injures du temps, aux brutalités de la foule, et elles dépérissent promptement. Dans les palais, leur condition s'élève ; mais dans l'église elle se sanctifie en quelque sorte.

Une fois admise dans le sanctuaire, l'œuvre d'un artiste n'est pas seulement de la pierre, de la couleur, du métal ; ce n'est plus seulement l'enfantement du génie, c'est un degré qui aide l'âme à s'élever vers le ciel; c'est une prédication perpétuelle ; à sa façon, elle prie, elle enseigne, elle devient intelligence.... Sans doute la foi inspire le génie, la gloire l'exalte, mais la perspective de voir son œuvre conservée, honorée, perpétuée, soutient et échauffe le zèle. Le respect des fidèles va désormais se propager et assurer à l'artiste la récompense qu'il ambitionne le plus. Il vit véritablement de cette vie qu'il aime, en songeant que les générations futures continueront, en traversant les siècles, à reporter à Dieu l'hommage de ce travail, comme les prémices des dons précieux que le ciel a départis à l'humanité, et comme le juste hommage de la reconnaissance de l'homme. Oui, une fois dans cette voie, l'art s'ennoblit, se divinise.... Évidemment il mourrait sans aliments et sans inspirations, s'il était réduit aux largesses et aux suggestions des particuliers.

Demandons à une population de trente mille âmes, comme est aujourd'hui celle de Dunkerque, demandons-lui d'ériger en peu d'années un temple qui égale en étendue et en magnificence l'église construite il y a trois siècles par une popula-

tion trois fois moindre... Quel serait le résultat de cette tenta-
tive ? sinon notre impuissance manifestée ? Et ne devons-nous
pas être portés à regarder comme une inexplicable merveille,
l'érection d'un monument si vaste, si riche et d'une si belle
ordonnance ?

Cela peut toutefois s'expliquer.

L'esprit de foi, l'esprit de la communauté, la simplicité
de la vie.... tels étaient les principaux agents de la force
prodigieuse dont nos aïeux nous ont légué tant de témoignages.

Admettons un moment que les exigences du luxe et du
comfortable intérieur diminuent dans chaque maison et recu-
lent jusqu'aux limites où elles se trouvaient autrefois ; sus-
pendons quelques années ces dépenses superflues que le culte
incessant de nous-mêmes a introduites dans nos plaisirs, nos
habitations, nos vêtements, notre régime alimentaire.....
Quelles immenses ressources seraient préparées partout !
Quelle épargne inépuisable et toute prête lorsqu'une conviction énergique viendra s'implanter profondément au cœur et
l'animer d'un élan chaleureux pour la réalisation d'une pensée commune !

Supposons à ces populations simples et laborieuses des
sources de richesses équivalentes aux nôtres ; supposons-leur
cet esprit d'unité et d'association qui a tiré les communes des
langes où la féodalité les avait long-temps retenues...

Les choses étant ainsi préparées, faisons surgir dans ces
masses qui ont l'instinct des grandes choses (car rien n'y dis-
pose mieux que les habitudes d'une vie modeste), faisons
surgir une opinion grande par son objet, qui satisfasse les
vrais besoins de l'âme, les exigences de la foi, le sentiment
de la dignité humaine... Que l'œuvre proposée vienne attes-
ter que l'antique esclavage a disparu ; que l'humanité a repris
ses droits et que le bien acquis par l'influence de la croix,
c'est à la croix qu'elle en veut faire hommage... car, au
moyen-âge, l'érection des églises était tout cela ! Reproduisons, s'il se peut, au sein des peuples, une émulation semblable à celle qui animait les esprits lorsqu'une partie des chrétiens se dévouait à la croisade, et que l'autre, restée au pays,
cherchait à manifester son zèle et sa foi !!... Nous compren-

drons quelle puissance existait alors! Puissance que nous n'avons plus aujourd'hui!

Que voit-on, en effet? On s'isole dans son égoïsme; ce n'est plus à la divinité qu'il faut un monument! c'est inutile depuis que chacun est devenu comme sa propre idole, et que dans le secret de sa solitude, on s'enivre à souhait de l'opium stupéfiant de nos jouissances! Ce que l'amour désordonné de nous-mêmes consacre à notre individu, à notre culte personnel, il l'enlève à la puissance collective de la société, et l'énerve d'autant qu'il fortifie le sentiment contraire. Ce qui double le résultat définitif. C'est là ce qui réduit la société à n'être plus qu'un amas sans consistance et de la nature des dunes de nos grèves; une tempête les enlève, les déplace, les modifie au gré des caprices du vent.

Ce n'est pas que l'on ne convienne de l'importance de certains principes. Mais on prétend en recueillir les avantages sans s'en imposer trop rigoureusement le devoir. On accepte la doctrine religieuse comme un oreiller commode, comme un maintien de bon ton, de bonne compagnie; mais le nombre de ceux qui vont au-delà n'est pas si grand qu'on pourrait le croire (1). Le sacrifice, qui est l'essence du Christianisme, on n'en veut pas entendre parler! Survienne une crise sociale, qu'importe le triomphe ou la ruine d'un principe qu'on avait agréé comme moyen de calme et de repos? Les choses qui adviennent, promettent-elles aussi ce repos? Toute la difficulté est là; on les accueille comme on aurait accueilli toute autre chose qui en survenant aurait fait des promesses analogues.

L'individualisme a tué toute grandeur et toute grande œuvre. Tenez pour assuré que s'il se produit encore quelque chose de grand, ce sera la religion qui le fera concevoir; ce sera la religion qui le fera exécuter. Voyez ce qu'il adviendrait si des forces gigantesques, comme celles dont nous voyons çà et là l'apparition dans l'histoire (mais qui allaient s'exercer ou se perdre au hasard), étaient éclairées par la lumière du Christianisme et guidées par les ressources merveilleuses de la science moderne!!

(1) Nous avons entendu énoncer, comme le résultat de recherches toutes récentes, qu'un tiers au plus de la population censée catholique remplit les devoirs du culte et des sacrements.

Mais laissons ces perspectives de la pensée et pénétrons dans le temple dunkerquois. Refaisons-le, en imagination, tel qu'il était avant que le sac, l'incendie, l'hérésie, l'iniquité, l'ignorance, le temps, n'y aient marqué leur passage.

Franchissons le seuil de la porte principale.

De chaque côté s'étendent deux nefs contiguës parallèles. Le regard se promène dans une avenue de 110 mètres de longueur. L'effet de l'optique en augmente les dimensions. Les nefs et les chapelles occupent une largeur de 40 mètres en dedans. L'abside polygonale est inscrite dans un demi cercle d'environ 23 mètres de rayon, passant par les angles extérieurs des contreforts.

Ce qui frappe d'abord la vue, c'est la resplendissante verrière qui occupe la baie en face (nous en parlerons tout-à-l'heure avec plus de détail) ; puis la disproportion de la partie supérieure de la grande nef; partie évidemment écourtée. Puis c'est l'ameublement du chœur et de l'autel principal, sans unité, sans relation avec le vaisseau. Puis ces informes tableaux du Chemin de la Croix ; puis ces autres tableaux qui sont appliqués aux murs sans autre raison que leur existence (nous faisons toutefois exception pour quelques toiles vraiment remarquables, dont nous parlerons plus loin).

Avançons. Voici des échafaudages, puis quelques piliers qui, dégagés de leur badigeon, renaissent avec leur élégance native (1) et leur teinte douce et chaude. Il faut le déclarer

(1) En 1851, nous avons pu constater 28 couches parfaitement distinctes de badigeon, dont l'ensemble formait une couche de plusieurs centimètres. Aux livres des comptes de l'église, nous voyons pour la première fois, en 1617, 60 ans après la construction, le badigeonnage porté pour 26₶ (196₶ tournois); 30 ans après, en 1649, nouveau badigeon pour 51₶ 18 st. (363 f.); 23 ans après, en 1672, Akerman reçut 200₶ pour avoir *blanchi* deux fois l'église et le chœur. Dix ans après (1682), nouveau badigeon pour 100₶. On voit combien les époques de ces mutilations se rapprochaient : 60 ans, 30, 23, 10 ans. Nous n'oserions affirmer que la progression ait continué de même. Nous savons seulement qu'en 1707 on dépensait pour cet objet 630₶; en 1764, 600₶; en 1784 ....

Parmi les articles *peinture* des registres aux comptes, il en est un qui nous était une sorte d'énigme : « 1671, à *Lucas Ackerman, pour avoir poincté* (peint) *la vouse autour de l'église et fait des ombrages à tous les autels...* » Etait-il question d'une couche donnée aux vitraux pour empêcher les rayons solaires d'arriver aux tableaux appliqués aux murs ? Ou bien est-ce l'explication d'une particularité constatée lors du badigeonnage ? On remarqua alors que les pendentifs et les parties de nervure qui y abou-

sans détour (parce que cela n'est offensant pour personne), le contraste dont on avait éprouvé d'abord le sentiment confus, devient ici plus formel et plus net. La magnifique richesse de l'idée primitive qu'on retrouve là, dans sa belle simplicité, fait ressortir la misère des oripeaux de tout genre et de toutes les époques que l'on a accumulés et conservés avec une constance digne d'un meilleur sort! on se prend à demander la restauration de ce qui en est encore susceptible. Mais ne nous arrêtons pas à cette considération, que nous nous proposons de traiter avec quelque étendue.

Les voûtes à nervures qui se croisent sont d'un bon effet. Des clefs de voûtes en pendentifs aux chapelles de l'abside sont dignes d'intérêt (1). L'une d'entr'elles, qui est dans la chapelle de la Vierge et qui était précédemment dans la chapelle St-Roch, paraît remonter à la construction même de la charpente; car la disposition des chevilles était telle qu'il aurait été impossible de les fixer ensuite (2).

Dans le chœur, les parois sont reliées par des traverses en fer que tiennent dans le mur des sortes de dragons ou animaux fantastiques (3). Une plaque ronde, portant l'image d'une colombe, se trouve attachée au point de réunion de quelques-uns de ces barreaux, qui sont tous d'un effet dis-

tissent avaient été peintes jusqu'à une distance de sept pieds. Mais sous ces peintures, qui étaient à l'huile, il se trouvait du badigeon. Dans la chapelle de la Vierge, ces peintures formaient des chevrons de diverses couleurs, parmi lesquelles figurent le rouge, le vert et le jaune; une bande bleue les divisait dans le sens de la largeur, et le plat de la nervure était doré. Des filets noirs séparaient chaque couleur. Dans la chapelle centrale il y avait, tant sur la nervure que sur la doucine qui encadre la partie inférieure des parois, une peinture rouge qui alternait par portions égales avec le fond blanc ou la pierre.

Si notre mémoire est fidèle, l'église d'Ekelsbeque présente une particularité du même genre.

(1) Au compte de 1671 : à Jacob Godefroid, tailleur de pierres, pour avoir fait une pyramide servant à la voûte de l'église, 6#. Est-il question d'un des pendentifs dont nous parlons?

(2) Ce pendentif est en pierre dite de St-Omer. On y trouve quatre colonnes cannelées et des feuilles fantastiques qui mériteraient d'être reproduites par le dessin.

(3) Au compte de 1687, on voit figurer une mention qui les concerne : « .... A un peintre pour avoir peint et doré quatre ailes des dragons dan » l'église paroissiale ».

gracieux, mais nécessaires pour maintenir l'écartement et résister à la poussée latérale des voûtes (1).

Autrefois, au-devant du chœur, se tenait un jubé massif. Le pourtour du chœur était clos par une riche balustrade en marbre de diverses nuances. Une porte, également en marbre, en fermait l'entrée. Autour des stalles en bois sculpté surmontées des blasons des souverains qui avaient visité l'église.

Le sanctuaire proprement dit était séparé du chœur par un *rideau de pourpre,* que l'on tirait au moment de la consécration.

Un magnifique autel en style de la renaissance était au rond point. Le marbre de *Lydie* et l'albâtre en composaient les ornements. On y remarquait les statues des quatre évangélistes, celles de la Ste-Vierge, de St-Eloi... des têtes de chérubins, des vases, des bas-reliefs représentant divers sujets tirés de l'Ecriture, tels que *la manne au désert*, etc.; au sommet, le Christ en croix. Le sommet atteignait à peu près la plaque qui se trouve au rond-point du chœur (2). Un tableau représentant la Cène ornait l'autel (3).

Des verrières fermaient les baies des chapelles principales; mais il ne nous reste aucun document qui nous donne une idée précise de leur nature ni de leur exécution. A moins qu'on ne veuille considérer comme spécimen les quelques débris que l'on a conservés dans les fenêtres de la chapelle St-Pierre.

Les nefs latérales extrêmes étaient alors occupées par des chapelles. La partie réservée au public ne comprenait que la nef qui circule autour du chœur et celle qui est au-devant jusqu'au jubé.

---

(1) Aux deux travées voisines de l'entrée principale, l'architecte Louis a construit des arcs-boutants. Aussi on s'est dispensé à cet endroit des tirants qui existent ailleurs.

(2) Nous avons sous les yeux un plan très-soigné et très-détaillé de cet autel. Il porte l'inscription suivante : Profil et façade du maître-autel de la paroisse de Dunkerque, lequel était construit entièrement en marbre et a couté 25,000 florins. Batis (sic) en 1588, il à (sic) eté (sic) démoli en 1783 par votre humble serviteur A. B. De Roo.

Plus bas est un groupe des attributs des arts, avec cette légende : *Rien ne surpasse les arts* (!!)

(3) Il se trouve en ce moment au-dessus de la stalle de la chaisière.

La peinture sur verre, appliquée aux temples, est une idée très-heureuse. L'art chrétien, tel qu'il était à l'origine, s'est ingénié à tirer parti de cette puissance nouvelle. Les premières tentatives avaient fâcheusement accueilli les rubans de plomb, qui non seulement circonscrivaient les détails, mais les coupaient impitoyablement.

Replacé dans la voie du progrès, l'art moderne est déjà parvenu sinon à faire disparaître ces linéaments parasites, du moins à les utiliser et à les aider à laisser le champ de la vision libre comme celui de la pensée.

Une verrière, exécutée dans les conditions analogues à ce que sont les tableaux de nos grands maîtres, deviendrait un enseignement perpétuel accessible à toutes les intelligences ; c'est un spectacle qui s'empare doucement de l'attention et captive l'âme. Instinctivement nos regards se tournent vers la lumière ; si, sur les rayons qu'elle nous envoie, elle amène des images qui nous intéressent, elles deviennent une leçon qui s'imprime naturellement en nous-mêmes et avec laquelle nous nous identifions de plus en plus. Elle rappelle ainsi des enseignements importants, des souvenirs sympathiques, des images chères et vénérées.

Captive dans le corps, notre âme aime à s'élancer vers les régions éthérées ; de même à travers cette enveloppe de pierre qui borne le temple, l'œil se plaît à saisir ces tableaux aériens, il aime à se jouer dans les perspectives du ciel, où il nage sans obstacle.

Aussi les peintures sur verre seront-elles toujours bien populaires, dès qu'elles seront en rapport avec leur destination ; cette ornementation convient éminemment aux temples chrétiens, et il faut la leur assurer.

Les verriers de nos antiques cathédrales avaient porté l'art des couleurs à un point de perfection que les efforts des modernes tendent à ressaisir. Ils avaient deux procédés. L'un qui rendait la substance translucide, mais ne laissait pénétrer que la lumière diffuse ; l'autre qui la rendait transparente et laissait aux rayons solaires leur direction et leur éclat, en les revêtant seulement de la couleur propre aux fragments de verre qu'ils traversaient.

Le chiffre 1541, incrusté autrefois dans le vitrage d'une des

baies de l'abside, permet de supposer que l'église du XVᵉ
siècle avait des vitraux peints. On sait, en effet, qu'à partir
de la fin de ce siècle, ce genre d'ornement se multiplia dans
toute l'Europe. Des villages des environs de Dunkerque en
ont même conservé des specimens très-remarquables. Pendant
un siècle environ l'art du verrier fit de grands progrès, qui
s'arrêtèrent vers la fin du XVIIᵉ siècle.

N'ayant pas de renseignements sur les vitraux primitifs,
nous ne leur rapporterons pas une image de St-Pierre qui se
trouvait à une des baies de l'abside (1).

Du reste les vitraux, tant anciens que modernes, ont eu à
soutenir d'incessants assauts : les explosions, l'incendie leur
ont été funestes ; la tempête y est venue trop fréquemment
exercer ses ravages. Les registres des comptes relatent un
grand nombre de réparations et de restauration plus ou moins
importantes faites aux verrières, après le désastre de 1558.
En 1585, après la domination des Huguenots et des Icono-
clastes, on dut y travailler encore. Depuis, elles ont été souvent remaniées, mais comme au hasard, sans vue d'ensemble
et seulement pour le besoin du moment.

Les meneaux primitifs étaient remarquables et appartenaient au style ogival dit flamboyant. On y employait des
briques moulées à cette fin (2). A plusieurs baies, les meneaux
ont disparu ; on les a remplacés par des croisures simples ou
quelquefois courbées en ogives, mais sans aucun rapport avec
les premières.

Les vitraux de la chapelle du Sacré-Cœur ont des meneaux
qui reproduisent les meneaux primitifs de cette chapelle ; on
peut juger de leur élégance. Quant aux vitraux eux-mêmes,
ils sont dus à M. Didron aîné, et nous croyons devoir en re-
produire la description (3).

Le sujet iconographique, c'est l'amour de Jésus-Christ

---

(1) Cette figure nous paraît moderne, et d'une exécution médiocre sous
tous les rapports.

(2) En 1605, le maçon de la ville faisait un voyage à Gravelines pour
choisir les meilleures briques pour les fenêtres de l'église. En 1620, il est
question du polissage et de la taille des briques destinées aux fenêtres. —
L'hôtel-de-ville a aussi des briques taillées et équarries.

(3) Nous empruntons cette description à M. Vanderest.

pour les hommes dans le drame divin qui commence à la Cène et finit au Calvaire.

Au premier plan, le centre ou jour du milieu, représente la Cène ; à la gauche du spectateur, le retour de l'enfant prodigue ; au-dessus, les noces de Cana, le bon Samaritain soignant le blessé.

Au troisième plan, le pélican occupe le centre ; au-dessus de l'enfant prodigue, la paraphrase du retour du pécheur converti ; au-dessus du bon Samaritain, la Miséricorde, la Vérité, la Justice et la Paix.

Le grand lobe à la gauche du spectateur représente les misères de l'humanité ; le grand lobe de droite, les vertus chrétiennes qui viennent les soulager.

Enfin le Calvaire occupe le sommet du vitrail.

Rien n'est plus saisissant que la manière dont ces grands sujets du nouveau testament ont été traités : naturel et majesté dans les poses ; dans les figures, expression à la fois angélique et divine ; douce et naïve, grave et austère ; attentive et réfléchie ; fourbe et perverse ; jusqu'aux vêtements que le crayon du dessinateur a esquissés, dans leurs nombreux détails, avec grâce, noblesse, simplicité, sans afféterie, et partant avec vérité. Tout, dans cette production vraiment capitale, jusqu'aux plus simples accessoires, commande les suffrages du connaisseur.

C'est ainsi que, dans le tableau de la Cène, ce qui frappe tout d'abord le regard, c'est la céleste figure du Christ, la tête entourée du nimbe crucifère, ayant à sa gauche son disciple chéri Jean, et à sa gauche Matthieu.

Un contraste qui nous a surtout vivement frappé, c'est celui de l'expression enfantine de Jean et le regard pervers de Judas placé à côté. Le premier, appuyant sa tête angélique sur l'épaule du Seigneur ; le second, dont le nom a traversé dix-neuf siècles couvert d'opprobre et de malédiction...

A la droite du Christ, dans un compartiment séparé par l'épaisseur du meneau, se trouvent cinq disciples, dont le prince des apôtres, le seul représenté assis, Simon surnommé Pierre, et derrière lui son frère André, puis Jacques le Mineur, Thomas et Philippe ; ce dernier, dont on n'aperçoit que la partie supérieure du nimbe. — Dans le compartiment à la gauche de Jésus se trouvent également cinq disciples, dont Barthélemi, Judas Iscariote, Simon le Chananéen avec Jacques le Majeur, et Jude ou Thadée, dont les nimbes seuls apparaissent.

Les douze disciples portent tous le nimbe lumineux, à l'exception de Judas, dont le nimbe a une couleur fauve comme marque d'infâmie. Les noms des disciples se trouvent d'ailleurs inscrits sur les limbes en lettres gothiques, sans qu'on puisse toutefois les lire à la hauteur où la verrière se trouve placée.

Dans les noces de Cana apparaissent Jésus, sa douce mère, qui dit : faites tout ce qu'il vous dira. A leurs pieds gisent l'un des servants, au regard et au geste exprimant la stupéfaction, et deux des six urnes de pierre destinées à la purification, selon l'usage des juifs, qui furent emplies de l'eau que Jésus changea en vin.

Jésus et la Samaritaine au puits de Jacob sont traités d'une manière digne de l'un des plus hauts enseignements que les hommes atteindront jamais.

Quelle humilité dans l'attitude de cet enfant prodigue agenouillé, dans son triste accoutrement tout rapiécé, aux pieds de son père, et lui disant : ... Je ne suis plus digne d'être appelé votre fils. Quelle tendre compassion dans cette belle figure de vieillard !

Voyez-vous la physionomie du bon Samaritain soignant le blessé ? A ses pieds, un coffret qui renferme les flacons vides de l'huile et du vin qu'il a versés sur les plaies de la victime. Voyez-vous, dans le lointain, ce lévite qui froidement a passé outre ? A ce tableau saisissant de vérité, votre charité se réveille, et vous redites ce grand précepte : vous aimerez votre prochain comme vous-même.

L'artiste a adopté la poétique tradition du pélican se déchirant pour donner à manger à ses petits, pour caractériser la sublime Charité, fille de Jésus-Christ.

Le retour du pécheur converti est la plus éloquente des paraphrases de l'enfant prodigue. Aucune parole ne saurait traduire l'expression de fatigue et de défaillance de ce beau jeune homme couvert de luxueux vêtements. Sa tête, languissamment appuyée sur le sein de Jésus, sous les traits du bon pasteur ; son attitude, pleine toutefois de naturel et de noblesse, décèle l'abattement et la plus navrante douleur. Ce jeune homme repousse la volupté lui présentant sa coupe empoisonnée.

Le texte général des paraboles des Saints Pères a fourni les édifiants sujets de la Miséricorde et de la Vérité se tenant par la main ; la première portant pour emblême un cœur, la seconde un miroir. De la Justice, tenant une balance, et de la Paix, un rameau d'olivier, qui s'embrassent tendrement.

Rien n'est plus ingénieux que la traduction que M. Didron a faite de la Miséricorde ; des œuvres de l'amour divin soulageant les misères de l'humanité. Ces dernières sont représentées sous les traits de l'homme qui a faim, de celui qui a soif, du pèlerin, de l'enfant nu, du malade, du captif. Ces six êtres qui implorent des secours, les reçoivent des vertus chrétiennes, également au nombre de six, qui entourent Jésus, et qui portent l'une un pain ; l'autre une coupe ; la troisième une maison ; la quatrième des vêtements ; la cinquième allant visiter le malade ; la sixième allant au captif.

Les misères de l'humanité comprennent chacune l'inscription d'un mot latin dont le sens est complété par un mot également latin que porte chacune des vertus chrétiennes.

Esurientem	Cibat
Sitientem	Potat
Hospitem	Recipit
Nudum	Vestit
Infirmum	Visitat
Captivum	Liberat

Cette œuvre est majestueusement couronnée par le sublime tableau que représente le sommet du vitrail, celui du grand sacrifice de Jésus rachetant, sur la croix, les crimes du monde ; entouré de la Vierge Marie et de St-Jean, et au pied de la croix l'agneau sans tache.

Les arabesques qui relient les sujets entre eux n'ont aucune signification symbolique. Les plantes, les fleurs, le feuillage qui l'émaillent si grâcieusement sont plutôt esthétiques que naturelles.

L'église ayant été construite au XVIᵉ siècle, M. Didron a

adopté les costumes du moyen-âge, se conformant ainsi aux usages suivis à l'époque de cette construction.

Telle est cette généalogie de la Charité. C'est un chef-d'œuvre qui, après avoir reçu du temps cette teinte moëlleuse qui fait disparaître ce que laissent encore de crudité et de verdeur les couleurs fraîchement appliquées, pourra rivaliser avec les plus belles productions du moyen-âge et rendra le nom de M. Didron aussi populaire dans le Nord de la France que ses immenses travaux l'ont rendu dans le Midi et à l'étranger (1).

L'Eglise St-Eloi a peu d'inscriptions; nous nous bornerons à transcrire celles qui ont survécu aux ravages du temps et aux frottements résultant du passage des fidèles :

INSCRIPTION LEBŒUF.

« Cy devant git Messire Adam Jean Lebœuf ch^r de l'ordre royal et militaire de St-Louis, l'un des ingénieurs or. du roy, directeur des fortifications de la Flandre maritime, co^{dt} au fort Français, auquel le roy confia en 1756, le rétablissement de ce port, qui après 59 ans de service est mort le 29 Mai 1761, dans la 68e année de son âge, chef de la dernière

(1) Quelques dates relatives aux verrières et extraites des comptes de l'église, ne seront pas déplacées dans cette monographie.

1541, date restée dans un vitrail conservé à l'église, sans qu'on sache à quoi cette date se rapporte.

1570, 21 Avril, Jérôme Claessens adresse au roi une requête afin qu'il plût à S. M. de donner des verrières au chœur de l'église paroissiale. Il s'agit évidemment de vitraux peints.

1585, réparation générale : on mentionne 3 croisées au-dessus du portail et de l'ancienne porte...

1589, nouvelles fenêtres à la chapelle St-Anne. On mentionne six fenêtres au chœur.

1607, la tempête brise les vitres de la chapelle Ste-Croix.

1660 mentionne les verrières au-dessus la grande porte de l'église.

1690, on paie à François Vandenbussche pour un an d'entretien de 18 fenêtres autour du chœur... et deux fenêtres sur les 2 portes.

1712, deux fenêtres neuves dans la chapelle N. D. et dans celle de St-Pierre.

1740, verrières réparées au-dessus du chœur.

1783, remaniement presque général des meneaux, vitres, etc.

1850, M. Dumas, ministre de l'agriculture et du commerce, fait don au nom du gouvernement d'une verrière de Sèvres pour la chapelle de la Vierge. M. Robert, chef des ateliers de peinture de Sèvres, vient à Dunkerque visiter les lieux.

branche de son nom, dont les ancestres originaires de Normandie y onts fondez la ville de Quillebœuf, ensuite établis en Anjou vers l'an MCCI est à présent transplante en Barois, par Mre Charles Lebœuf son fils unique ch^r seign^r de Leumont Fontenoy ch^r de St-Louis lieutenant colonel d'infanterie ingénieur en chef ».

INSCRIPTION BERTRAND THIERY.

« Ad majorem Dei gloriam, templum hoc anno MDLXII magnificè conditum dum XX mensium spatio addita insigni magnificentia instauratum Illustriss. D. Dewavrans Bruxellis moribundo. Solenni actu benedixit. D. Bertrandus Thiery S. T. L. Dec. et Past. Dunkercam XXII Octobris MDCCLXXXII natus est Dunk. XXVII Oct. MDCCXXVII obiit XVI Aprilis MDCCLXXXVI ».

INSCRIPTION JEAN BART.

D. O. M.

« Cy gist Messire Jean Bart en son vivant chef d'escadre des armées navalles du Roy, chevalier de l'ordre militaire de St-Louis, natif de cette ville de Dunkerque, décédé le 27 Avril 1702 dans la 52e année de son âge, dont il a employé 25 ans au service de Sa Majesté,

et

Dame Marie-Jacqueline Tugghe, sa femme aussi native de cette ville, mourut le 5 Février 1749, âgée de 55 ans. — Priez Dieu pour leurs âmes ». (1)

INSCRIPTION CORNILLE BART.

D. O. M.

» Messire François-Cornille Bart, vice-amiral de France, et grand croix de l'ordre roïal et militaire de St-Louis, décédé le XXII Avril MDCCLV (2) âgé de LXXVIII ans,

et

Dame Marie Viguereux, son épouse, décédée le XXV novembre MDCCXLI, dans la LVIe année de son âge.

Un de Profundis »

(1) Nous voyons au compte de 1708 l'article suivant : « Pour la permission de mettre une pierre de tombe pour madame la femme du capitaine Gaspard Bart, 30ħ

(2) Au compte de 1755 « Louis Degand, tapissier, pour le louage et façon

Sur une lampe de l'ancienne chapelle Ste-Gertrude on lit :
« A l'honneur de Dieu et Madame Saincte Gertrude, cette
coronne a ette donne pour servir à perpetuite en ceste chapelle par Jacques Monsieur doien de la confrérie de Ste-Gertrude en l'année 1680, et de Cornellie Van de Bussche, sa
femme, le 21 Août 1673 ».

Nous ne pensons pas qu'il y ait eu à St-Eloi, comme dans
certaines églises, un labyrinthe dessiné dans le pavage pour
figurer le pèlerinage de Jérusalem. Nous avons lieu de penser
que le dallage n'y a jamais été complet, ou du moins qu'on y
a procédé par portions successives et indépendantes les unes
des autres. Ces pavages partiels avaient lieu dès 1589 (1).
En 1682, huit mille carreaux de pierre étaient fournis dans
le même but ; le chœur recevait de nouvelles dalles, sauf
quelques pierres tombales qui furent conservées. A cette époque, le sol de l'église était plus élevé que celui de la voie publique. En 1724, le chœur fut de nouveau pavé à neuf (2).
En 1732, on continua ce travail (3). Vingt-cinq ans après on
le remaniait ; le sol du chœur était baissé d'une marche.

Parmi les noms que nous ont rappelés les comptes de l'église,
il en est un grand nombre d'obscurs et qui doivent rester
dans l'oubli ; mais il en est quelques autres qui, à des titres
différents, peuvent être cités, et parmi ceux-là nous ne sau-

d'un mausolée lors du service fait par ordre du magistrat pour le repos de
l'âme de feu messire Bart vice-amiral, 22₶ 16ſ 6ᵈ. Dans une lettre de
1757 nous lisons : « On nous assure qu'un sculpteur de Bergues a fait en
» marbre le mausolée de M. le vice-amiral Bart à la satisfaction de ceux qui
» connaissent les règles de la sculpture et comme nous sommes en projet
» de convenir avec lui pour une statue de marbre dont nous voulons déco-
» rer une fontaine de cette ville »··.. Signé les échevins de St-Omer.
Où est ce mausolée ? Qu'est-il devenu ?

(1) « 1589... à Jean Renneuville, maçon, pour avoir entrepris et pavé la
chapelle nord de l'avant-église avec de nouvelles pierres... Pour avoir
pavé le côté est de l'église où se trouve le portail, y ayant placé environ
300 pieds de pierre... »

(2) Cette année on pava depuis la chapelle du Saint-Sacrement autour
de l'église jusqu'à la chapelle des Bélandriers.

(3) 1732 : « .... Pour le pavement neuf du chœur.... — 200 grands carreaux de pierre de taille blanche pour le repavement du chœur... »

rions omettre Charles-Quint, Philippe II, l'Infante Isabelle, Louis XIV, le Dauphin...

Ne fût-ce qu'à raison de l'homonymie, Alonso Spinosa; — le malencontreux Juan Mellado, qui fit brûler tant de sorciers à Dunkerque; les braves marins Saus, Dewacken, Dekeyser, Jacobsen, Colaert, Cornille Bart, Jean Bart, etc.... De St-Pol (1), etc.

L'examen des registres et des dalles nous conduit directement à l'inspection des sépultures.

Alors que les Romains étaient maîtres de la contrée, leurs lois régissaient la sépulture de nos ancêtres. Une disposition de la loi des douze tables obligeait le peuple à ensevelir les morts le long des voies publiques, hors des villes et bourgades.

Sous l'influence des idées chrétiennes, la dernière demeure des défunts fut choisie dans le terrain avoisinant les églises.

(1) Au compte des rentes... « Trois livres de rente au profit de l'église, à charge de Alonso Spinosa, soldat espagnol... (vers 1630).

1626... 100 florins legués à la fabrique de l'église par messire Jean Martin de Meillado en son vivant haut bailli en cette ville décédé à Paris le jeudi gras 1619. (Voir notre histoire de Dunkerque, p. 220).

1717... D**elle** Karling vivant épouse du sieur Corneille Saus capitaine de frégate... rente au capital de 640₶.

1600... Deux tableaux donnés à l'église par M. De Wackene. (Voir Histoire de Dunkerque, p.   )

1560... Reçu de Jasparde Keyser, pilote, aumone 3ſ 9ᵈ.

1588... Prise faite par le capitaine Jacobsen et autres le 25 Octobre il a donné à l'église 111₶ 9ſ (852₶ tournois).

1607... Avoir fermé la sépulture de la fille du capitaine Jacobsen et deux autres qui s'estoient enfoncées.

1649... Reçu pour la sonnerie à l'anniversaire de l'amiral Jacobsen... 6 escalins.

1651... Par testament de D**lle** de Meny veuve de feu l'amiral Colaert l'église possède la moitié d'une maison située à l'Orient de la rue St-Jean au midi à la rue Seigneuriale... à condition de faire dire perpétuellement un anniversaire avec la grande cloche, livrer la cire et distribuer une demi-table aux pauvres... »

1653... Pour les obsèques du sire Hertoghe Van Begeren.

1755... Lors du service fait par ordre du magistrat pour le repos de l'âme de feu messire Bart vice-amiral...

1650... 12₶ de rente au profit de Mabieu Haem à charge de Mathieu Bart... Jean Tugghe était alors marguillier.

1706... Fondation d'une messe basse à perpétuité par M. de St-Pol capitaine de vaisseau... (Marc-Antoine) de St-Pol seigneur de Hecour, commandants chevalier de l'ordre militaire de St-Louis capitaine de vaisseau du roi.

Ces restes mortels, consacrés par la prière, étaient là en quelque sorte sous la protection de la religion. Les promesses de la résurrection tombant de la chaire, allaient jusqu'à eux et les rendaient vénérables aux vivants.

Bientôt on vint à en réclamer l'admission dans le temple lui-même. De là la coutume d'exhumer sous les dalles de l'église. Habitude pernicieuse sous le rapport de l'hygiène.

Dès le commencement, le cimetière de l'église St-Eloi intrà-muros avait été acquis des deniers de la fabrique et du magistrat. Il contenait 1,400 toises carrées (environ 56 ares); mais les souvenirs qui se reportaient à la chapelle St-Eloi extrà-muros faisaient choisir celui-ci, qui avait d'ailleurs une étendue double (2,770 toises). Pour lutter contre cette habitude préjudiciable à la recette de la fabrique, on commença, dès 1453, à concéder des caveaux dans l'église intrà-muros; la mode vint et continua jusqu'en 1777, c'est-à-dire pendant plus de trois siècles.

Ce n'est pas qu'on n'eût remarqué de bonne heure les funestes suites de cette pratique. Cependant il fallut attendre jusqu'en 1775 pour délibérer sérieusement sur un projet de cimetière commun extérieur.

On crut avoir trouvé un moyen terme fort ingénieux, en désignant pour lieu de sépulture cette portion de l'ancienne église contiguë au pied de la tour, et que l'on aurait considérée comme étant dans l'église elle-même, ce qui aurait permis de percevoir le droit accoutumé (1). Il fallut renoncer à ce parti bâtard et à la dénomination si heureuse de *cimetière de distinction*.

Outre le cimetière St-Eloi hors des murs et le cimetière de l'église en ville, il y avait encore pour chaque maison religieuse un cimetière particulier attenant à la chapelle. En 1776, les huit couvents de la ville obtenaient tous la permission d'enterrer leurs morts dans leur cimetière respectif (2).

La translation des défunts à un cimetière commun dérangeait toutes les habitudes; elles diminuaient notablement les

(1) Registre aux délibérations du magistrat, IV, page 137.
(2) Ces huit couvents étaient : Capucins, Récollets, Minimes, Conceptionnistes, Pénitentes, Bénédictines anglaises, Clarisses anglaises, Sœurs Noires de Saint-Augustin.

revenus de la fabrique : c'était plus qu'il n'en fallait pour soulever des résistances. L'échevinage s'occupa longuement de cet important objet (1) et défendit enfin l'inhumation dans les églises (2).

On s'arrêta d'abord au projet d'un lieu de sépulture au-delà de la Cunette, près du cimetière dit *Espagnol* (ce terrain avait 64 toises sur 53)... Enfin, après bien des incertitudes, le 3 Décembre 1777, le magistrat prit possession du terrain choisi ; la bénédiction en fut faite le 27 Septembre suivant, et quelques semaines après (3 Décembre) les marguilliers le reçurent à leur tour.

Il paraîtrait que les inhumations ne se faisaient pas, à St-Eloi, avec l'ordre convenable ; on n'enregistrait pas les noms des défunts reçus en cette suprême demeure. Les livres des comptes mentionnent que dans les divers travaux exécutés pour le dallage, on trouva « avec surprise » des caveaux dont l'existence était ignorée. ∴ ou bien des cercueils nombreux « dont on n'avait plus souvenir ».

En 1764 un plan fut levé par Carpeau ; la place des tombes y était indiquée. Nous n'avons pu retrouver cette pièce intéressante.

Dans l'examen minutieux que nous avons fait des 250 registres des comptes de l'église, nous avons remarqué un fait qui s'est fréquemment renouvelé : c'est l'écroulement des voûtes qui recouvraient les caveaux. Cette particularité est demeurée sans explication pour nous (3).

---

(1) Histoire de Dunkerque, p. 306.

(2) Il y avait trois classes de sépultures. La 1re au chœur. C'est là qu'étaient les caveaux d'honneur réservés aux curés de la ville et aux gouverneurs.

La 2e classe avait les nefs, et la 3e, réservée aux bourgeois, la partie voisine de l'entrée.

Une place au chœur coûtait 60 à 70₶ en principal, du chœur jusqu'au milieu de l'église 12₶, du milieu jusqu'à l'entrée 6₶.

Clabeau l'organiste y prit place l'avant-dernier, la demoiselle Dasenberg le suivit et termina la liste.

Le 10 Mars 1776 parut l'ordonnance royale sur les cimetières.

(3) Nous transcrivons ici quelques annotations extraites des comptes :

« 1592, à Jacques Ryngaert pour 15 jours et demi de travail, pour avoir comblé sept trous dans l'avant église... »

» 1600.... pour avoir comblé diverses tombes...

» 1601.... pour avoir comblé plusieurs tombes...

Quoiqu'il en puisse être, disons qu'en 1777, par suite des inhumations pratiquées jusque-là, il se trouvait dans le sol de l'église environ cinq ou six couches de cercueils superposés et qui n'étaient séparés, les uns des autres, que par une couche de sable de quelques centimètres, et dont le dernier était à peine à un décimètre des dalles. Ce sable conservait les dépouilles qu'on lui confiait de telle sorte, que le bois de certains cercueils inférieurs n'était guère plus endommagé que celui des couches supérieures.

Par suite de cette action particulière, plusieurs corps furent momifiés; d'autres subissaient les lois ordinaires de la décomposition. La partie dite *des bourgeois*, où se pressaient les cadavres, était la plus empestée; chaque matin, les personnes qui entraient les premières à l'église éprouvaient des nausées et des syncopes. Aussi, lorsque l'incendie de 1558 eut ruiné en partie l'église, on laissa abandonnée la partie la plus voisine de la tour, où étaient ces sépultures plus nombreuses.

En 1782 l'exhumation générale fut ordonnée, ainsi que la translation au cimetière de tous les restes ainsi recueillis. Calonne et le magistrat prirent les mesures que réclamait la circonstance. Hecquet, chirurgien du roi, fut spécialement chargé de la direction des travaux ; il procéda avec prudence et méthode, et retira ainsi plus de 1,600 cadavres (1), non compris les enfants.

» 1603.... pour faire combler deux tombes. .

» 1607.... pour avoir fermé la sépulture de la fille du capitaine Jacobs et deux autres qui s'étaient enfoncées...

» 1608.... pour avoir remis en bon état quatre tombes croulées...

» 1618, à Verbrugghe, maçon, pour avoir réparé plusieurs sépultures qui menaçaient de s'écrouler....

» 1622.... pour réparation de 29 sépultures qui s'étaient abaissées.... » Ainsi en 30 ans, voilà une soixantaine de tombes qui s'écroulent !

(1) Il a publié deux brochures à ce sujet. Paris 1784, in-8°, à la page 14 on lit : « .....La troisième et dernière exhumation a été exécutée dans les » différentes chapelles qui forment le contour qu'il a fallu baisser dans les » deux nefs et les parties intermédiaires des piliers... J'ai donné ordre de » briser les cercueils, d'en retirer les corps et de les déposer très-profon- » dément dans les caveaux que j'avais découverts et dans les fosses prati- » quées à cet effet.... Ces corps qui se trouvaient à 3 ou 4 pouces de la » superficie sont maintenant à 5 ou 6 pieds de profondeur, consommés par » l'action de la chaux.... »

D'après les détails consignés dans son compte-rendu, on voit qu'un des cercueils renfermait un malheureux que l'on avait enterré vivant! On y apprend que nombre de cercueils ont été brisés; des caveaux comblés...

C'est une chose bien regrettable que ce mélange qui a confondu, sans scrupule, les restes de quelques grands hommes avec ceux des personnages les plus vulgaires ou les plus odieux. Dauwere, Jean Bart et son fils Cornille... (pour se borner à peu de noms) avaient sans doute bien mérité qu'on les distinguât!... Que voulez-vous! Le chirurgien du roi n'y a pas songé! Il a respecté les lois de l'hygiène et a sauvegardé la santé publique!!... Qu'avons-nous à lui demander de plus?

Nous avons montré comment le temple érigé à Woden avait été consacré à St-Pierre. De cela il ne reste même plus un débris ni un vestige!

Nous avons montré la chapelle érigée en l'honneur de St-Eloi, pillée, détruite, agrandie, délaissée, réparée, transférée et perdant jusqu'à son nom. Chapelle dont l'emplacement primitif est devenu un problème... et qui tomberait bientôt dans l'oubli si des soins pieux ne recueillaient les lueurs qui signalent encore ce berceau de la ville.

Nous avons montré l'église de Dunkerque érigée vers le lieu où est l'hospice, transférée vers celui où est aujourd'hui la tour; puis saccagée, rebâtie, divisée, brûlée de nouveau, restaurée, profanée par les huguenots, rendue au culte, défigurée par l'explosion et l'incendie, relevée de nouveau, spoliée, souillée par les jacobins, réintégrée, et enfin, après tant de désastres, promise à une restauration intelligente qui lui rendra, autant que possible, sa physionomie primitive.

Ces mutations incessantes inspirent je ne sais quoi de triste; mais ce qui semblera non moins singulier, c'est qu'à l'intérieur du temple le sanctuaire a lui-même subi des destins semblables.

Du chœur de l'église du XVe siècle, rien! pas même un plan (1). Le chœur du XVIe siècle a été fouillé, baissé...

(1) Faulconnier, I, p. 35 et 67, donne des vues de l'église à deux époques; ces dessins laissent beaucoup à désirer. Le premier a une perspective

On y a creusé des caveaux ; on les a comblés ; le pourtour a été garni de balustrades, il en a été dépouillé ; puis des grilles coûteuses ont paru ; au XVIIIᵉ siècle les jacobins les ont enlevées ; on les a remplacées par la clôture en bois peint que nous voyons aujourd'hui. Le jubé qui en fermait l'entrée a été enlevé ; placé d'abord au côté droit en face de la chaire, puis relégué au dessus de la porte principale ; ou plutôt il n'existe plus, car on ne peut donner ce nom à la tribune des orgues.

Ainsi chaque époque élève ou détruit, suivant ses vues propres, sans tenir compte du reste ! suivant la mode du jour, sans souci des principes de l'art chrétien, de l'art monumental dont la trace s'est de plus en plus perdue ; sans consulter au moins le bon goût et les convenances dont il semble que la voix ne devrait jamais être entièrement méconnue !

Le chœur formait une enceinte isolée au milieu de l'église et autour de laquelle on circulait par les nefs. Ainsi que nous l'avons dit plusieurs fois, les piliers du fond étaient joints par une balustrade en marbre de diverses nuances. On y avait fait figurer des statues, des têtes de chérubin, des vases d'albâtre. Cette œuvre, dont on vantait le mérite, n'a plus aujourd'hui de vestiges ; cependant, pour s'en faire une idée, rien n'empêche de se rappeler les clôtures du même genre que l'on voit encore dans quelques églises de la Belgique. Elle subsistait encore il y a un siècle environ (1)

Originairement les clôtures du chœur étaient en boiseries (2) se rattachant aux stalles. Au-dessus et le long des stalles

fausse ; la tour qu'il représente est celle de 1700 et non celle de 1500 qu'il aurait fallu ; à cette époque l'horloge n'avait que deux cadrans opposés. Le plan à terre fait défaut. Le second, page 67, donne tout-à-fait arbitrairement les meneaux des fenêtres ; la perspective n'est pas observée. Du point où est censé le dessinateur on ne pouvait voir la fenêtre de la première chapelle après le transept. Le plan est incomplet ; il n'y est fait mention ni de la sacristie, ni des orgues, ni des fonts, ni du jubé, ni de la chaire.

(1) Au compte de 1743 « ... Pour faire tourner un pilier de marbre à l'entour du chœur... » à J. M. Lescouffle, peintre, pour avoir contrefait le marbre à l'entour du chœur.

(2) 1589 « à Louis Vander Eecke (Duchenne), menuisier de Bergues, pour le travail de la clôture du chœur côté est... 25ll (177ll tournois, environ 2,000 francs de nos jours).

sculptées, étaient les blasons des personnages importants qui avaient visité l'église (1).

Le magistrat avait dans ces stalles une tribune réservée, surmontée de l'écusson de la ville et des coussins couverts d'un drap spécialement à son usage.

Certes si les hommes sont égaux quelque part, c'est surtout lorsqu'agenouillés au pied de l'autel, ils disent à Dieu : « *Notre Père...* » C'est lorsqu'ils implorent la bonté divine pour être guéris des maux de tout genre qui les atteignent dans toutes les conditions. Mais le souvenir de cette égalité s'oppose-t-il à ce qu'on revienne à ce qui, dans les usages passés, ne contredit pas les principes de la foi? Nous soumettons cette question à ceux qui ont mission de la décider.

Les pupitres où se faisait la lecture de l'épitre et de l'évangile étaient distincts et fixés à demeure, l'une à droite et l'autre à gauche (2).

Au commencement du XVIIe siècle on exécuta des travaux importants (3). C'est alors que les portes de marbre furent mises au chœur à l'entrée de la grande nef. Ces portes, d'un poids énorme, étaient ornées de balustres en cuivre; leur

(1) Nous n'avons pas l'inventaire de ces blasons, mais nous pouvons conjecturer qu'on y rencontrait ceux de Charles-Quint, et des seigneurs de sa suite ; de Philippe II, peut-être d'Henri VIII ; de la dame de Vendôme ; du duc d'Alençon; du prince de Parme ; d'Isabelle; de l'archiduc Léopold; de Louis XIV et la reine; de Mazarin; de Turenne; du duc d'Anjou (1658); de la duchesse d'Orléans, qui épousa Charles II; de Jacques Stuart; de Pierre-le-Grand (21 Avril 1717); de Louis XV... D'une époque plus moderne nous pourrions y ajouter ceux de Belmas; de Napoléon; de Charles X; du duc d'Aumale; du prince de Joinville;... des Evêques Giraud; Rapp de Cleveland; Nakar de Keriatim; de Mgr. Regnier et de bien d'autres encore dont le nom n'est pas présent à notre pensée... Tous ces souvenirs ne devraient-ils pas être consacrés par quelque inscription à comprendre dans la future restauration ?

(2) 1589 « ... A Antoine Vandorne et Corneille Denève, pour le placement avec du plomb des deux piliers servant à l'épitre et à l'évangile au chœur, 10 esc. »

(3) 1618 « ... Briques pour paver la *nouvelle aile* de l'église... » On faisait venir ces briques de Gravelines et le livre des comptes mentionne qu'on avait député un homme du métier pour choisir « *les meilleurs* » surtout « *des grandes pour les fenêtres* ... » A la même époque on voit le placement d'une grande quantité d'ardoises. Sont-ce celles qui couvrirent la nouvelle aile? Où était donc cette *aile?*

valeur considérable (1) permet de supposer qu'elles étaient d'un certain mérite (2). On restaura les colonnes de marbre de la clôture et l'on travailla aux portes latérales, lesquelles étaient en bois (3).

En 1682 on renouvelait les dalles, travail qui fut recommencé peu de temps après (4). En 1732, l'autel principal fut remis à neuf (5) et le tabernacle renouvelé. En 1755, nouveau remaniement du dallage (6). Le sol du chœur est baissé d'une marche. Des grilles sont placées des deux côtés du chœur (7); une autre grille remplace le jubé (8).

(1) 1200₶ de gros ou 11,800₶ tournois, ce qui vaut environ 30,000 francs de nos jours.

(2) « ... 1632. à Maître Jacques Cox, tailleur de pierres, demeurant à Gand, pour deux portes de marbre destinées au chœur de l'église, y compris les colonnettes de cuivre... 1200₶.
1634... une tonne de bière donnée aux ouvriers qui ont placé les colonnes de marbre au chœur... Aux mêmes pour la pose de la première pierre 2₶ (15₶ tournois).

(3) A Gilles Vanbrusseghem, menuisier, pour la façon des portes nord et sud du même chœur 26₶ (195₶ tournois).

(4) « ...1732. 200 grands carreaux de pierre de taille blanche pour le repavement du chœur... 55 carreaux de marbre blanc placés au milieu des marches près de l'autel... » Pour le pavement à neuf du chœur 76₶.

(5) 1732. «... A Josse de Sylva, doreur et marbrier, pour avoir nettoyé et repoli le grand autel, 400₶; façon et livraison déposé d'un marchepied neuf de pierre de taille poli au grand autel du chœur, 276₶ ».

(6) 1756 « .... Livraison de 997 carreaux; construction de deux caveaux sous le sanctuaire pour enterrer MM. les gouverneurs de la ville et les curés de la paroisse; carreaux de marbre pour le sanctuaire; marches de pierre de Landerthun, 1246₶ ».

(7) 1755 « .... A deux maîtres serruriers de Cambrai, pour quatre grilles pour les collatérales du chœur; 7400₶; droits payés; pour l'entrée des quatre grilles 36₶ 10ʃ; gratification aux compagnons serruriers qui les ont placées, 30 ₶; voiture des dites, 10₶; à Carlier, peintre, pour avoir peint quatre grilles collatérales, les colonnes autour du chœur et les voûtes des trois nefs, 288₶; à Pieters, pour la même cause, 288₶.
1757. A Pieters, peintre, pour avoir peint les grilles de devant le chœur etrepeint les autres grilles du chœur, 300₶; aux sieurs Maniette et Martho, suivant convention et accord fait le 20 Mai 1756, pour livraison et fourniture de grilles et portes de fer pour fermer le chœur de l'église du côté de la nef, plus 72₶ pour frais et droits, en tout 5872₶ 5 sols ».

(8) 1758 « ... Démolition du jubé; avoir lambrisé les formes dans le chœur et fait la boiserie pour les grilles de fer autour du chœur; avoir lambrisé les trois voûtes de l'ancienne église, 2265₶; transport du jubé ».

Pour attacher le voile de la consécration, deux énormes piliers ou colonnes étaient près de l'autel; en 1591, le magistrat avait donné, pour la matière, deux pièces de canon hors de service (1); on en a fait gratuitement honneur au prince de Parme. Il n'a contribué à ce don que par le consentement qu'il a donné en sa qualité de gouverneur de la province. Les deux candélabres si lourds et si disgracieux qui figurent aujourd'hui au chœur, sont sinon une copie, du moins un souvenir de ceux qui existaient avant la révolution.

Le jubé que le livre des comptes désigne tantôt sous ce nom, tantôt sous celui d'*Oxsal*, de *Doxal*... était à l'entrée du chœur.

Etait-il contemporain de l'église du XVᵉ siècle? de l'église du XVIᵉ siècle? C'est ce que nous ignorons. Nous savons seulement qu'à la partie supérieure se trouvaient deux tableaux représentant *l'Histoire de David*.

Un article du compte de 1674 dit que le magistrat « fit à l'entrée un jubé et y transféra le siége des musiciens qui se tenaient au milieu du chœur.... » N'y avait-il pas auparavant de jubé? Toujours est-il qu'en 1692 le jubé était repeint et garni d'une balustrade en osier (2). En 1758, il était démoli et transféré vis-à-vis la chaire; quinze ans après (1772), on le démolissait de nouveau pour le reconstruire au-dessus de la porte d'entrée. C'est alors qu'il reçut la balustrade en fer (3).

---

(1) Au registre des délibérations du magistrat, tome V fᵒ 18, on trouve sous la date de 1591, la preuve que ces pièces d'artillerie ont été concédées par le magistrat pour « *faire des piliers d'airain audit autel* ».

(2) 1602 : « A Place, peintre, pour avoir peint et doré par ordre de M. le bourgmestre l'oxal, 236ħ; à Jean Marin, tourneur, pour avoir réparé et tourné quatre pommes et fait une nouvelle pour servir audit oxal, 4ħ 17s.; à M. Keessebecque, pour avoir fait une balustrade d'osier à l'entour dudit oxal, 18ħ; à B. de Cuyper, sculpteur, pour quatre roses pour l'oxal. »

(3) 1772, démolition de l'ancienne tribune ou jubé; construction du nouveau, démonter et remonter les orgues sur ledit jubé, confection de deux colonnes, deux pilastres, un escalier, 900ħ; sculptures desdits, 186ħ.

Lors de la construction du portique, nouvelle démolition, nouvelle reconstruction; il y a quelques années (en 1848), il fallait de nouveau consolider les tribunes et les orgues.

L'air est le véhicule de la parole, de la prière, du chant. La prière est le rapport de l'âme avec le Créateur; la mélodie du chant en est le symbole! La musique religieuse est une idée juste, logique, aussi ancienne que le culte lui-même. L'orgue, dont la force, l'étendue, la gravité, la variété est en rapport parfait avec cette distinction, est devenu un accessoire indispensable.

L'histoire nous apprend que Pépin reçut de Constantin les premières orgues. Mais nous ne savons à quelle époque notre église St-Eloi a reçu les siennes. Ce qui est certain, c'est qu'en 1559 on faisait venir d'Ypres un facteur pour réparer les orgues qui avaient souffert du désastre de 1558. On peut donc présumer que dès l'origine elles figuraient dans notre église.

Lorsqu'après les troubles du XVI° siècle, St-Eloi eut été rendu au culte catholique, Pierre Isoor fut chargé de constituer de nouvelles orgues. 1,500ᵗ (c'est 19 à 20,000 fr. de nos jours) lui furent allouées à cet effet. Elles étaient alors suspendues entre deux colonnes de la nef « *vis-à-vis la chaire du prédicateur* ». Du reste, ainsi que toutes les parties de l'église, elles furent souvent remaniées, restaurées, etc. Il paraît même que les rats ne les respectèrent pas (1).

En 1772, Josse Staeleman était organiste aux honoraires de 168ᵗ par an; Pierre Routier était souffleur aux gages de 48 ; après eux vinrent Girard Lambrecht et Nicolas Vigneron; Pierre Vandenheynde exerçait en 1689. En 1772, Derycke, facteur de Courtrai, était appelé pour remettre en état les orgues que l'on devait démolir dix ans après.

En 1845, une somme de 11 à 12 mille francs était consacrée à une nouvelle restauration de l'instrument... Mais qu'il y a encore de la besogne à faire avant de l'amener à un état satisfaisant ! !

Quant au buffet, il est du bon style de la renaissance. — La boiserie du positif est du XVIII° siècle.

Depuis le XVI° siècle l'habitude de la musique pour accompagner le chant est suivie à St-Eloi. Au compte de 1593, on voit figurer le traitement des maîtres de musique et des mu-

---

(1) 1692 « ... A Jacques Vercruysse pour avoir fait et livré des rattières pour mettre sur les orgues, 5ᵗ.

siciens. On consacrait à cette partie du service des sommes considérables (1).

Les maîtres de St-Eloi étaient non seulement professeurs enseignant aux « *corals et dabours* », mais quelques-uns sont indiqués comme compositeurs.

L'orgue et les instruments de musique étaient employés simultanément (2), la contre-basse faisait partie de l'orchestre.

Les musiciens formaient une *confrérie de Ste-Cécile*, dont la direction appartenait au *connétable*. Le doyen de la paroisse est plusieurs fois désigné comme *le chef*, un vicaire avait parfois le titre de *doyen* de la confrérie.

Les musiciens, pour célébrer la fête de leur patronne, recevaient des gratifications du magistrat et de la fabrique (3).

L'habitude d'avoir de la musique à la messe entraîna plusieurs abus. Les offices devinrent des concerts ; les maîtres de musique substituèrent volontiers leurs propres compositions à celles des maîtres de l'art ; peu à peu la musique profane fit irruption dans le sanctuaire.

En 1790, à l'époque où l'on prétendait tout réformer, la municipalité accordait à Belliard, maître de musique, une augmentation de 300 fr. par an (14 Mai). Le 22 Octobre de cette même année, elle accordait encore une place de violon ; en 1792, les chantres furent portés à 50 fr. par mois au lieu de 40 fr., et lorsqu'en Novembre 1793 on supprima le culte, on décida que les musiciens seraient payés jusqu'au mois de Janvier suivant. Après le Concordat (1804), la musique ne tarda pas à se réorganiser.

Autrefois les mélodies avaient été transportées du temple aux ballades populaires ; cette fois c'étaient les paroles des

---

(1) En 1638, la dépense pour la musique était de 6772₶ tournois (ou 903 livres de gros) ; en 1729, 4642₶ ; en 1754, 7019₶ ; en 1767, 6902₶. Aujourd'hui la paroisse St-Eloi paie annuellement pour le service environ 3 à 4000 fr., et St-Jean une somme semblable.

(2) En 1672, les « *joueurs des instruments* » recevaient 20₶ de gages par mois ; on employait la contre-basse et la fabrique fournissait les cordes.

(3) Les sommes portées pour cet objet varient de 20₶ à 180₶. Pour l'année 1634 on trouve : « Aux prêtres et suppôts de l'église paroissiale... » à la Saint-Nicholas, pour la vérification des cloches du carillon, le maître de musique et ses subordonnés recevaient *des kannes de vin.*

saintes hymnes qui se pliaient aux caprices de la mode et adoptaient le rhythme de paroles fort peu édifiantes. La négligence dans l'exécution amenait parfois une cacophonie intolérable. On en était revenu à peu près là, lorsque le 25 Février 1854, le conseil de fabrique résolut d'en finir avec ces errements et de remettre en vigueur le plain-chant grégorien, le plus convenable à la sainteté et à la gravité d'une église chrétienne (1).

La peinture contribue à l'ornementation des temples. Il faut pourtant convenir que dans notre église St-Eloi l'architecture ne réserve aux tableaux que des places restreintes et secondaires. Sauf les chapelles latérales, on peut dire que les toiles y ont désormais une superfluité architecturale.

Néanmoins dans les chapelles primitives il y avait quelques peintures murales dont nous avons vu les vestiges ; c'était une production fort médiocre.

Lorsque J.-B. Descamps publia son livre, il signala dans l'église St-Eloi quelques tableaux que nous rappellerons ici (2).

A la chapelle de la Ste-Trinité, une représentation des personnes divines par Vandervelde-Pieters (3); il attribue au même auteur deux esclaves délivrés par un frère de la Croix.

Dans la chapelle « des bouchers », un St-Barthélemi, toile médiocre, de Beckmans (4).

Au bas de l'église un tableau d'un mérite semblable, le Jugement, par Herrogantis. Cette pauvre toile fut si souvent frottée, nettoyée, savonnée, que le pinceau des restaurateurs dut intervenir. Pieters qui l'ignorait, attribuait ce tableau à trois maîtres différents.

Au-dessus du confessionnal, en face de la Vierge, l'Agneau immolé, par Parrocel.

Descamps signale au maître autel, la Cène, par Otto

(1) Cette commission comprenait M. Delacter, doyen; Carnel, vicaire ; Decoussemaker,; Chamonin-de St-Hilaire, et Derode. Elle a cessé volontairement ses fonctions par démission donnée le 27 Décembre 1854.

(2) *Voyage pittoresque de la Flandre et du Brabant.*— Voyez p. 274.

(3) Dans un catalogue dressé en l'an III (1794-1795).

(4) Il signale à Bergues six tableaux de ce maître.

Venius, tableau noirci mais qui n'est pas sans mérite, car dans son inventaire de l'an III, Pieters l'attribue à Porbus (1).

De Porbus nous avons le martyre de St-Georges qui date de 1578 et qui fut acheté 1500₶. (2) Ce tableau est un triptique. Descamps a constaté que le tableau du milieu a beaucoup souffert. Il affirme qu'un peintre anglais, en le nettoyant, enleva un glacis et fut amené à repeindre une ou deux têtes... Depuis, ce même tableau a encore été restauré par M. Verlinde d'Anvers.

Le plus grand nombre des tableaux de notre église était dû à des Dunkerquois. C'est une bonne occurrence à signaler. Descamps citait dans la chapelle Ste-Gertrude trois toiles de Corbean (3), trois paysages de Decuyper, son élève; dans la chapelle Ste-Barbe, le martyre de la Sainte, par Elias; c'était son premier ouvrage. La composition n'était pas sans mérite, mais la couleur laissait à désirer (4). La chapelle Ste-Croix avait du même auteur une *invention de la Sainte-Croix;* dans la chapelle des tailleurs, un *baptême de Jésus-Christ.* Le dessin en est bon, mais l'ensemble manque d'harmonie (5).

Jean de Reyn, élève de Van Dyck, et l'une des gloires de Dunkerque, avait fourni plusieurs pièces remarquables; d'abord un tableau placé alors au-dessus du confessionnal de la chapelle St-Barthélemi, l'épitaphe d'Alexandre Leys; dans la chapelle St-Roch, le Saint en prière, d'après l'original de Rubens qui se trouve à Alost; dans la première chapelle à droite, du côté de la place, était le tableau dit des Quatre Couronnés, dont le dessin est plein de finesse et la couleur excellente. On lui reproche seulement d'être un peu diffus....

---

(1) Ce tableau est aujourd'hui au-dessus de la stalle où se tient le loueur de chaises.

(2) Faulconnier, t. I, p. 76.

(3) Parmi les tableaux enlevés des Jésuites, Pieters en mentionne deux du même auteur ; de l'hôtel-de-ville un seul.

(4) Ce tableau fut acheté par la confrérie. Le magistrat y contribua pour 177₶ en 1593.

(5) La maison des Jésuites avait deux grandes toiles d'Elias. L'église St-Jean-Baptiste en possède aussi quelques-unes. Un amateur de Lille, M. Paul Bernard, a fait dernièrement acquisition de deux tableaux de chevalet qui semblent dus au pinceau de notre peintre Dunkerquois.

L'artiste s'y est représenté avec un chapeau blanc. Ce tableau vient d'être rentoilé et restauré par M. Verlinde.

Dans son catalogue de l'an III, Pieters signale comme provenant de Jean de Reyn, un *Mariage de la Vierge*, d'après Rubens. Les Jésuites avaient huit tableaux d'Elias, les Capucins un.

Nous ne saurions clore cet aperçu sans parler du martyre de St-Sébastien (1) ni de la Vierge au Rosaire, de Seghers, les deux meilleurs tableaux que possède l'église (2).

Les registres des comptes citent bien quelques autres tableaux, mais ne nous renseignent pas sur leur valeur artistique. Un *Salvator mundi* placé devant la chaire ; six toiles données par l'amiral Dewacken. Ils nous font savoir que Louis Dekuyper a reçu 12 livres pour avoir « *peint Dieu le Père au trou de la nef...* » C'est la lunette qui existait dans la voûte de la nef principale au-dessous de la flèche ou tourelle qui s'élevait au centre du transept. Pieters nous indique une Adoration des Bergers par Van Lint; un sujet tiré de l'Apocalypse, auteur inconnu ; un Couronnement du Christ servant d'épitaphe à Vanderhaegue... Mais voilà tout (3).

---

(1) Acheté en 1616 pour 2,250#, dont le magistrat en paya 250.

(2) Cette remarquable production a été retouchée et restaurée par M. Verlinde.

(3) A propos de ces peintures, nous rappellerons que la ville de Bergues possédait du temps de Descamps, six toiles de Beckmans, une de Devisch, une de Deyster, une de Langheusan, quatorze de Victor Jaussens, sept d'Elias, cinq de Jean de Reyn, une de Crayer, une de Rubens.

L'hôtel-de-ville de Dunkerque avait plusieurs toiles de Descamps et de Mignard : Louis XIV à cheval, par Mignard; Allégorie, par Descamps; portrait du roi; portrait de Séchelles; les Quatre parties du monde; cinq tableaux allégoriques sur l'histoire de la ville.

Nous nous bornerons à transcrire quelques articles des comptes concernant les tableaux.

1589. A Everard Vanherkebaudt, peintre, pour avoir peint les armes du roi en l'église, 21ſ.

1589. A Jean Egnoult, pour avoir encadré le *Salvator mundi* qui se trouve devant la chaire de vérité.

1726. Au sieur Jonnaert, peintre, pour avoir raccommodé et nettoyé le grand tableau représentant le Jugement dernier, 60#.

1758... Avoir transporté ledit...

1768. Avoir nettoyé ledit.

1732. Sculpté un nouveau cadre pour le tableau d'autel dans le chœur, 69#.

Aujourd'hui (1854) l'église possède une quarantaine de
tableaux dont nous consignons ici l'indication sommaire.

Auteurs.	Evaluation de la valeur vénale.	Indication des tableaux.	Observations.
Porbus.	10 à 20000	Martyre de St-Georges.	(de 1577). En restauration.
	150	Le Denier de César.	Sacristie (d'après Rubens).
Jean de Reyn.	5 à 10000	Les Quatre Couronnés.	Contre la façade, côté du presb. (d'après Rubens).
	600	Le Mariage de la Ste-Vierge.	Au-dessus de la porte, façade du côté de la place.
	1200	Huit saints et saintes.	Façade des deux côtés de la porte d'entrée.
	500	Christ entre deux larrons.	Chapelle des Ames (d'après Rubens).
	600	Quatre saints.	1 près le portail de la rue des Vieux-Quartiers, 2 entre la chapelle St-Roch et la sacristie, 1 au-dessus d'un confessionnal, côté du presbytère.*
	600	Le Christ et St-Roch.	Chap. St-Roch. (D'ap. Rubens)
	1500	Un Ange détache les fers de St-Alexandre.	Cédé au musée.
	200	Alexandre Leys et sa femme, en prières.	Dito.
G. Seghers.	5 à 1200	La Vierge au Rosaire.	Près des fonts baptismaux.
G. Houthorst.	1 à 3000	Christ couronné d'épines.	Dito.
Omer, Charles.	1000	Martyre de St-Laurent.	Du côté du presbytère.
Nic. Vandeveld.	600	La Ste-Trinité.	Chapelle des Ames, à droite.
E. Quellin.	500	Ste-Famille.	Cédé au musée.
	250	L'Ange des agonisants.	Entre la chapelle des Ames et la porte de la rue des Vieux-Quartiers.
Cornil Devos.	250	Mariage de Ste-Catherine.	Contre le mur du presbytère, près de la porte.
Auteur inconnu	250	Christ au tombeau.	Sacristie Genre Van Dycke.
Elias.	250	Madeleine repentante.	Au-dessus de la porte du presb.
	180	Ste-Hélène retrouve la croix.	Cédé au musée. Il a été enlevé de Furnes en 1793.
	150	Un Ange à St-Joseph lui annonce la naissance de J.-C.	Façade, côté du presbytère.
	100	Martyre de Ste-Barbe.	Chapelle Ste-Barbe.
	200	Naissance de J.-C. Ange.	Au-dessus des confessionnaux, côté de la place.
Otto Venius.	200	La Cène.	On l'attribue aussi à Porbus.
Mignot.	150	Martyre de St-Sébastien.	Façade. Stalle de la loueuse de chaises (1609).
Elshoecht.	80	Deux tableaux.	Vendus 450 fr. pour Montreuil.
Inconnu.	90	St-Pierre.	Cédé au musée.
	400	Couronnement de la Vierge.	Chapelle des Ames, à gauche.
	125	Retour de l'Enfant prodigue.	Façade (fonts baptismaux).

14 tableaux sans valeur artistique. — Intérieur de l'ancienne chapelle N.-D. des Dunes.
*Ces tableaux portaient des armoiries qui ont été en partie coupées quand on les
enchâssés dans les lambris de la chapelle St-Pierre.

1742. Avoir peint en couleurs fines et doré en or de ducat et passé au

La statuaire n'a pas laissé de chef-d'œuvre dans notre église. Du moins nous n'en pouvons juger, car on peut dire presque sans restriction qu'il n'y reste aujourd'hui rien de ce qu'il y exista autrefois. Quant aux images des saints ou des saintes, ce sont des productions informes et presque ridicules.

Les comptes nous parlent d'une statue de St-Eloi (1) et de six statues d'albâtre payées d'un haut prix (2) ; d'un nouveau banc de communion par Pierre Van Brouchorst en 1735 (3), mais nous n'avons plus de vestige de tout cela.

Dans l'ouvrage déjà cité, Descamps signale une statuette en bois représentant un chrétien réduit en esclavage et demandant l'aumône. Dans son chapeau, qu'il tient à la main, est l'entrée du tronc. C'est là que les fidèles déposaient leurs offrandes pour le rachat des captifs, alors que les puissances barbaresques exerçaient sur les mers le rôle odieux auquel la France a mis fin en 1830. Cette pièce existe encore et n'est pas indigne d'attention ; elle est d'ailleurs repeinte à l'huile, en rouge, bleu, blanc, noir, etc.

En l'an II, on vit dans l'église, devenue le temple de la Raison, les bustes de Voltaire et de Rousseau, la statue de la Force, de la Justice. Le tout fut reporté à l'hôtel de ville. Les deux statues figurent aujourd'hui dans la salle du conseil municipal. Où sont les bustes ?

Un bas-relief en bronze, œuvre de Feuchères, a été donné par le gouvernement à l'église St-Eloi en 1850 (4). Par des motifs

---

vernis tous les blasons des rois et princes qui sont à l'entour du chœur, 120₶.

1756. à Henri Pieters, pour avoir nettoyé le tableau du St-Sacrement, 84₶.

1758. Raccommodage en toile du tableau de la Nativité dans la chapelle St-Roch; deux tableaux représentant l'histoire de David, au-dessus du jubé et un autre de l'histoire de David dansant devant l'arche, devant la chapelle de St-Anne, 200₶. — Façon de trois cadres pour les tableaux représentant l'histoire de David, 20₶.

(1) Au compte de 1589 : réparation de la statue St-Eloi, 2 sols.

(2) Ibid : à Mathieu Schaeger, sculpteur, d'avoir sculpté et livré six statues en albâtre, 1101 florins, c'est 3 à 4000 francs de nos jours.

(3) Voir au compte de 1736.

(4) Ce bas-relief représente la résurrection de Lazare.

qui s'expliquent difficilement, la fabrique l'a fait déposer au musée.

Dès l'origine, il y avait à St-Eloi une chaire pour la prédication; mais nous ne la trouvons citée pour la première fois qu'en 1589 (1).

En 1776, on songea à renouveler la chaire; en 1776, un paroissien donnait 600ᵗ à cette intention; en 1782, on payait à un artiste de Bruges, le dessin d'une *chère* (sic) à exécuter; en 1785, le magistrat donna 1500ᵗ pour cet objet (2).

La chaire que nous voyons aujourd'hui est sans doute celle-là; elle porte le nom de Titeux; elle est d'un style du XVIIIᵉ siècle, large et parfaitement convenable.

En 1793, lorsque l'église fut dépouillée de tous ses autres ornements, la chaire resta en place. Les municipaux y venaient faire la lecture des lois; les orateurs des clubs y prêchaient la morale civique.

Jean Rogier fit les boiseries des stalles, mais ce ne sont pas celles qui figurent au chœur.

Les confessionnaux actuels ne présentant aucun intérêt artistique, nous nous bornerons à cette simple indication.

Les chapelles latérales de l'ancienne église St-Eloi, étaient au nombre de 15. Chacune d'elles était fermée d'une grille dans la longueur de la nef et avait un autel appliqué contre le mur de refend. Un banc de pierre faisant partie de l'édifice régnait le long de la paroi principale.

A partir du côté gauche (Nord), les chapelles étaient celles-ci :

Ste-Croix.
St-Sébastien.
* Ste-Vierge.
* Ste-Barbe.
* St-Roch.
St-Louis.
* St-Sacrement.
* St-Pierre.
St-Barthélemi.

(1) 1589 : pour maçonnage de la chaire de vérité, 19 s.
(2) Thierry, le curé de l'époque, y contribua de ses deniers.

St-Georges.

Ste-Trinité.

St-Julien.

St-Joseph (1).

Dans les titres concernant l'église, on trouve mentionnées les chapelles suivantes, dont nous ignorons l'emplacement : Ste-Anne, Ste-Gertrude, N.-D. du Rosaire, les Quatre couronnés, Ste-Marie-Madeleine, St-Antoine, St-Jacob ou St-Jacques, St-Jean, St-Matthias (2).

La plupart de ces chapelles n'avaient rien de remarquable et ne méritent pas de mention particulière, si l'on en excepte la chapelle où était un fragment de la vraie croix. Précieuse relique qui fut soustraite aux huguenots lorsqu'ils s'emparèrent de l'église en 1580 ; après leur expulsion elle fut restituée. Les comptes de 1589, 1592 en donnent la preuve. Qu'est devenue cette relique ? C'est ce que nous ignorons.

Chaque corps de métiers soignait sa chapelle particulière, ce qui maintenait dans l'église un état de bon entretien qui ne coûtait rien à la fabrique.

Il serait à souhaiter que cet usage se rétablît. Nous avons la conviction qu'il suffirait d'avancer dans cette voie, pour y trouver des adhérents. En prenant la résolution de concerter les dépenses sur un plan uniforme, on arriverait promptement à des résultats avantageux. (3)

(1) Les chapelles, marquées d'un astérisque, existent de nos jours. En y ajoutant les Trépassés, St-Antoine, et se souvenant que celle du St-Sacrement est celle du *Sacré-Cœur* de Jésus, on aura la liste des sept chapelles de 1834. De plus, le chœur et le calvaire à droite en entrant.

(2) En 1628, « Mme la Gouvernante » fut inhumée dans la chapelle St-Jacob au droit de 25 escalins ; la chapelle Ste-Anne était l'objet d'une dévotion toute particulière ; la chapelle Ste-Croix nous fournit sous la date de 1714 : à M. Villeneuve maître serrurier, pour la niche ou lit à relique de la Ste-Vraie-Croix, 30₶ ; pour 1721, à Declercq, vicaire de la paroisse, pour avoir en qualité de chapelin de Ste-Croix, donné à baiser la relique, 40₶ ; 1722, pour dorure de la sculpture servant de décoration à l'endroit où repose la relique de la Ste-Croix, 30₶. Ainsi il y a une centaine d'années, on était en possession de ce précieux fragment. Qu'est-il devenu ?

(3) Depuis que ces lignes sont écrites, nous avons vu s'ébranler notre persuasion. D'après une statistique toute récente et tout à fait locale, toutes les anciennes confréries déclinent et tendent à s'éteindre. Il faut en excepter celle de la Ste-Vierge. Des œuvres nouvelles attirent l'attention et les offrandes des fidèles. Le Sacré-Cœur tend à remplacer le St-Sacre-

Les bélandriers honoraient St-Julien, qui est leur patron. La société mutuelle d'assurance établie entre eux en a pris le nom.

Ste-Barbe était la patronne des *couleuvriniers* ou canonniers; son culte n'est pas tombé dans l'oubli. Il en est de même pour St-Sébastien, patron des archers; St-Georges, patron des arbalestriers; Ste-Cécile, des musiciens; St-Joseph, des menuisiers; St-Eloi, des ouvriers employant le marteau; St-Pierre, des pêcheurs; Ste-Anne, des couturières; etc., etc. (1).

Pourquoi ne ferait-on pas revivre cet usage à la fois si rationnel et si chrétien de placer les travaux de chaque profession sous les auspices d'un saint qui l'a exercée sur la terre? Une fois la chose entreprise, une louable émulation animerait les fidèles, et nous verrions nos temples recueillir leur part d'un superflu que nous jetons si facilement en pâture à nos convoitises. La chapelle de la Ste-Vierge, patronne de la jeunesse, serait, nous en sommes certain, une preuve de la piété généreuse de ces cœurs que le vice et l'égoïsme n'ont point encore flétris.

La chapelle du St-Sacrement mérite une mention particulière, non-seulement à cause du mystère adorable qu'elle est particulièrement appelée à honorer, mais à cause de l'incendie dont nous avons parlé (p. 13). Cet incendie prit une violence telle qu'on a peine à la concevoir; les métaux précieux composant les ornements et les chandeliers furent fondus et recueillis dans les cendres; la pierre même de l'autel fut calcinée et dut être remplacée (2). Il n'est pas jusqu'à la balustrade ou banc de communion qui n'ait été carbonisé.

ment; St-Roch, St-Antoine, Ste-Barbe, Ste-Anne, St-Jean, St-Michel, etc., etc., voient diminuer chaque année le nombre des confrères inscrits, et les charges de la confrérie, malgré leur décroissance annuelle, ne peuvent plus toujours être couvertes. Les Sociétés de St-Vincent-de-Paul, de St-François Régis, de St-Joseph, de N.-D. des Dunes, les écoles d'adultes, etc., prennent au contraire des développements très-avantageux.

(1) St-Louis était le patron des drapiers; les barbiers le reconnaissent encore pour tel; St-Barthélémy, des bouchers, tanneurs, corroyeurs; Ste-Marie-Madeleine, des graissiers, épiciers; St-Paul, des vanniers; Ste-Gertrude, des médecins, etc.; St-Yves, des procureurs.

(2) On peut juger de cet incendie par les extraits suivants du livre des comptes:
« 1692. A Otto Van Benkhuys pour avoir perdu lorsque l'autel du St-

On remarquait dans cette chapelle un chandelier en fer, véritable chef-d'œuvre de serrurerie (1). Parmi les ex-voto suspendus à la voûte figuraient une colombe en argent, image du Saint-Esprit; et un petit navire, également en argent, accomplissement d'une promesse faite par un capitaine au milieu d'une tempête.

L'édifice ou plutôt la portion d'édifice consacrée à la sacristie, remonterait à l'époque de l'église du XVIe siècle. Les nervures des voûtes, les chapiteaux, les feuilles de chou qui y figurent et les autres détails, ne laissent pas de doute à cet égard.

Sacrement a brûlé le 22 Novembre 1691, son chapeau, deux boucles d'oreilles d'argent et brûlé une paire de bas, 6 ₶ 6ſ; au sieur Herrewyn, pour avoir pansé ledit Otto, brûlé par le feu de l'autel du St-Sacrement, 12₶; à Jacques Mayeur, pour avoir livré 3 pelles lorsque ladite chapelle a brûlé, 2₶ 12ſ; à Daniel Pattart, pour livraison de pelles lorsque, etc., 4₶ 12ſ; à Jean Ducoort, pour avoir perdu des seaux, ballets, etc., pendant que... 4₶; à D. Bertram, maçon, pour avoir travaillé à ladite chapelle, 39₶; à Cornille Godefroid, tailleur de pierres, pour avoir travaillé à la pierre de l'autel du St-Sacrement, 9₶; à Jean Gacy, maçon, pour avoir blanchi l'autel du St-Sacrement, 40₶; à J.-B. Seguier, pour avoir livré des chandeliers neufs à la chapelle du St-Sacrement, 81₶ 5ſ; à Jeanne Roubout, pour toile grise pour couvrir l'autel, 7₶ 10ſ; à B. de Keere, pour façon et livraison d'un banc nouveau pour la Ste-Communion dans la chapelle du St-Sacrement, 140₶; à Caffiery, sculpteur, pour la sculpture dudit, 156₶; façon d'une croix d'argent, la matière provient de 98₶ de l'autre croix de la chapelle du St-Sacrement et autres morceaux trouvés dans le feu lorsqu'elle a brûlé, 168₶; au bailli pour une pierre de marbre... pour la faire bénir à Bergues par M. l'abbé, pour dire la messe dessus, dans la chapelle du St-Sacrement, 16₶.

1693. à O. Henry, sculpteur à St-Omer, pour façon et livraison d'un tabernacle ou reposoir dans la chapelle du St-Sacrement, 100₶; 1695, à Georges Ingweert, pour la voiture d'une pierre pour l'autel du St-Sacrement, laquelle a été amenée de Tournai, pour 3,600₶ 56₶,

(1) Au compte de 1708: A J.-B. de Paer, pour un chandelier de fer pour mettre devant le St-Sacrement, 310₶.

Enfin pour dernière citation, disons qu'au siècle dernier, Pierre-François-Adrien Chamonin, marié à Marie-Thérèse-Joséphine Marcadi, avait, à Teteghem, du chef de sa femme, une ferme grevée de 38 fr. environ par an, en faveur de l'église St-Eloi, qui devait par contre chanter chaque année un service fondé par le sieur Jacques Cornelissen. Pendant la fermeture des églises, il recueillit ces redevances, et lors du rétablissement du culte, il en remit l'importance à l'église, qui employa cette somme à faire le banc de communion en granit qui se trouvait dans la chapelle du St-Sacrement avant la restauration qui est en voie d'exécution, sous le nouveau vocable de la chapelle du Sacré-Cœur.

Cette rente a été remboursée le 6 Mai 1855.

Autrefois comme aujourd'hui, on y renfermait les ornements pour le service divin. Ces ornements étaient d'une grande richesse, nombreux et divers. Les registres des comptes présentent fréquemment des traces d'achat, de réparation, etc. ; on y trouve également consignés des dons faits à l'église, devants-d'autel, dais, baldaquins, chasubles, ceintures, etc., portant des franges d'or, d'argent, des passementeries précieuses, des velours de diverses couleurs, de riches étoffes de soie, etc. On voit figurer dans cette longue revue de près de trois siècles, diamants, dentelles, bijoux, ex-voto, images de saints... en un mot, tout ce qui, encore aujourd'hui, compose l'ameublement des belles églises de la Belgique (1).

Par les soins des administrateurs joints aux largesses des fidèles, l'église St-Eloi avait autrefois des vases précieux, remontrances, ciboires, calices, lampes, chandeliers, encensoirs, plats, plateaux, aiguières, burettes, boîtes aux huiles(2), couronnes (pour les funérailles), en or ou en vermeil (3).

A plusieurs reprises, et notamment sous Philippe II, sous Louis XV, sous Louis XVI, la cour *emprunta* aux églises l'argenterie qui n'était pas indispensable pour les besoins du culte (4). Ces *emprunts* forcés, qui ne furent jamais rembour-

(1) Parmi les dépenses concernant les ornements nous voyons : 1611, au doyen de Berg St-Winox qui venait visiter et inventorier les ornements, 12 s. pour 2 pots et demi de vin... 1698, une chasuble à fond rouge de velours cramoisi brodé d'or avec l'étole et la manipule; 1699, au Sr François Chamonin pour une frange d'or pour les ornements ; au Sr Louis Chamonin pour dorure qu'il a fourni pour les ornements d'église ; 1718, Jean Willems, façon d'une croix de diamants au-dessus du St-Sacrement ; 1731, un ornement blanc pour servir aux fêtes de 1re classe, près de 6,000₶; Mlles Grawez (qu'elles me pardonnent cette indiscrétion) ont fait, à l'église, des dons considérables en ornements, etc.; leur pieuse générosité rappelle des esprits d'un autre âge.

(2) Aux comptes de 1692 on trouve : « *Pour une boîte d'argent doré servant pour la communion...* » Qu'est-ce que cela ?

(3) Il y avait jusqu'à 36 de ces couronnes. Les unes « pour le premier drap des morts, » coûtaient 25₶ en 1692 ; les « 2e et 3e draps des morts, » sont portés audit compte : « Huict couronnes et 16 lauriers, 157₶ ; une seule couronne pour les funérailles des célibataires, coûtait 486₶ ; quatre couronnes « *pour les jeunes filles* » 460₶.

(4) En 1731, l'église vendit pour 10,230₶ d'argenterie ; en 1768, elle en vendit une grande quantité pour laquelle l'Etat lui constitua une rente annuelle de 391₶ 2ʃ sur la Flandre maritime qui ne paya point.

sés, étaient un exemple. La Convention le suivit, mais plus complètement et brutalement : un décret du 19 Octobre 1790 ordonnait de dresser l'inventaire de l'argenterie ; un décret du 3 Mars suivant en prescrit l'envoi aux hôtels des monnaies. Depuis soixante ans c'était la troisième fois qu'on recourait à une spoliation de ce genre. La Convention enleva (1) tout ce qui restait.

Outre l'horreur qu'inspire le souvenir de ces attentats, on ressent une inexprimable tristesse à penser que tant de dons pieux, tant d'œuvres d'art du temps, tant de médailles historiques qui avaient droit à nos respects et à nos études, ont été violemment enlevés à leur destination, à leur propriétaire, à l'intention des donateurs. Mais c'est encore trop peu ! une bonne partie a été la proie de quelques voleurs audacieux. Nous avons du moins trouvé des pièces attestant que de tous

(1) Voici le sommaire ou résumé de ces dépouilles sacriléges d'après l'état officiel qui en fut dressé et qui a pour titre : « *Débris du despotisme offerts à la patrie* »:

Dunkerque. Eglise paroissiale.	Argent,	114 marcs	1	once			
	Or,	1	»	1	»		
	Diamants,	7,078					
Eglise paroissiale, chapelle du St-Sacrement.	239 marcs	6	onces	6	gros.		
» » de Ste-Barbe.	4	»	1	»			
Fonts baptismaux.	6	»	6	»	4	»	
Confrérie du St-Rosaire.	3	»	»		.		
Corps des Tailleurs (St-Louis)	{ 9	»	6	»	3	»	
	7	»	5	»	4	»	
» Cordonniers (St-Crépin).	5	»	4	»	5	»	
» Bouchers (St-Barthelémi .	1	»	5	»	6	»	
» St-Eloi.	23	»	1	»	4	»	
Chapelle de la Basse-Ville.	9	»	3	»	2	»	
» Ste-Gertrude.	63	»	7	»	6	»	
(Plus en assignats 1328#).							
Corps des Boulangers (St-Honoré).	22	»		»			
» des Tonneliers.	17	»	6	»			
» des Maçons.	16	»	2	»			
» des Charpentiers de navire.	37	»	2	»	4	»	
» » de maison.	7	»	6	»	4	»	
» des Bélandriers.	1	»	3	»	»		
Confrérie pour la rédemption des captifs numéraires.	{	9402#					
Assignats.	{	1280					

A tout cela il faut ajouter:
552 marcs galons d'or arrachés des ornements sacerdotaux.
874   »   »   d'argent.
250   »   »   »
76   »   de vermeil.

ces objets renfermés en cinq caisses, trois caisses seulement furent dirigées vers la Monnaie de Paris. Les expéditeurs se plaignirent du retard qu'on mettait à leur accuser la réception des deux autres caisses déposées chez des agents du district. Nous ne savons pas qu'ils aient eu satisfaction.

IV.

RESTAURATION.

Que le lecteur veuille bien se rappeler les nombreuses ré-parations, dégradations, mutations, restaurations dont l'église de Dunkerque a été l'objet, et qu'il se prête à une supputation financière.

Depuis trois cents ans que le temple est érigé, à combien évaluerons-nous les frais inutiles, pernicieux même, faits en additions, suppressions, translations, etc.?

Nous croyons être au-dessous de la vérité en mettant au minimum *deux millions !* — Le travail du péristyle et les raccordements s'élèvent seuls à *huit cent mille francs !* (1).

Et quel est le résultat obtenu au prix de tels sacrifices ?

Il faut le dire, car cela n'est pas douteux, on a amoindri, défiguré, mutilé un monument remarquable.

Si la somme énorme employée à produire un semblable désastre avait été consacrée soit à construire de premier jet, soit à compléter graduellement l'œuvre conçue par l'architecte, aujourd'hui inconnu, qui a tracé le plan primitif, la ville de Dunkerque aurait enfin un monument que bien des

(1) Nous constatons ici que les frais de la restauration exécutée sous la direction de M. Chamonin s'élèvent à environ 30,000 francs, dont 13,000 ont été fournis par les ressources ordinaires, et le reste par des dons volontaires, etc.

cités lui envieraient et dont nos ancêtres auraient joui, comme nous en jouirions nous-mêmes, comme en jouiraient après nous nos neveux !

Mais ce que nos pères auraient dû exécuter, et que nous les blâmons de n'avoir pas fait, pourquoi ne pas tenter de le faire? Ils ne savaient pas ! c'est une excuse ; nous ne l'avons pas? nous ne l'avons plus !

Il semble évident qu'il faut prendre une décision sur les deux points suivants :

Que faut-il faire?

Quelles ressources faut-il assurer?

Quant au premier point, il paraît impossible de songer désormais à une restauration complète. L'église actuelle n'est qu'un tronçon de l'église primitive ; la tour est à jamais séparée des nefs... Il faut s'y résigner.

Le tronçon qui subsiste a lui-même subi des altérations telles, que la difficulté de le rétablir comme il était à l'origine équivaut à une impossibilité. Rétablir le transept, cela est indispensable... Cela pourrait-il être réalisé? — Evidemment non !

L'abside seule est susceptible d'une restauration immédiate, et c'est là surtout que doit se porter l'attention. Le chœur ne peut venir qu'en seconde ligne.

De toute manière il faut s'adresser à un homme spécial et connu par son habileté en archéologie et en architecture ogivale, et lui demander un plan comprenant l'ensemble des travaux à exécuter. Une fois ce plan arrêté, le suivre fidèlement, sans préparer désormais d'excuse à ceux qui viendront après nous. Que rien ne soit laissé à l'arbitraire des survenants. Une expérience trop souvent renouvelée et en cent localités diverses, a montré tout ce que l'on aurait à craindre ici comme ailleurs.

Dans la persuasion de cette nécessité, M. Chamonin-de St-Hilaire (1), qui a dirigé les premiers travaux—maintenant

---

(1) M. Chamonin-*de Saint-Hilaire* a pour prénoms Pierre-François-Jean; ces deux premiers prénoms sont aussi ceux de son père, de son aïeul et de son bisaïeul, ce qui a nécessité une distinction. Comme il a épousé Mlle Joséphine-Clémentine Meurisse de *Saint-Hilaire*, de là est venue cette désignation.

Son père, Pierre-François-Athanase-Louis, a été membre du conseil de

stationnaires—de la restauration de la chapelle du Sacré-Cœur et autres, avait demandé qu'il fût fait un travail d'ensemble, un plan général et complet (1).

En Septembre 1853, on décida que le plan serait exécuté conformément à cette demande, mais seulement pour la partie de l'abside formant le polygone qui entoure le chœur. Le savant archéologue M. Didron aîné, aurait dirigé l'exécution, et nous pensons qu'il traita même à ce sujet avec le conseil de fabrique. Cet écrivain, qui a fait de l'iconographie chrétienne une étude spéciale, s'y est acquis une réputation européenne. Il était digne de la mission qu'on lui confiait. Il chargea M. Emile Amé, architecte à Avallon, attaché à la commission des monuments historiques, de faire le plan graphique ; celui-ci vint sur les lieux et il fit même les relevés du monument avec le plus grand soin.

Par suite de circonstances que nous ignorons, mais qu'on suppose être des travaux commandés par le gouvernement, M. Amé n'ayant pas donné suite à ce premier projet, M. Didron offrit de le faire exécuter par un autre architecte également habile.

La chose traîna en longueur... En Décembre 1855, le P. Arthur Martin, savant archéologue, vint à Dunkerque ; il visita les travaux alors suspendus, et fut consulté sur la suite à leur donner. Les témoignages écrits de sa main, et qu'il a laissés depuis à M. Chamonin, ne laissent pas douter qu'il

la fabrique de St-Eloi ; son aïeul, Pierre-François-Adrien, avait le même titre, et de plus, il était administrateur de l'hôpital de cette même ville, fonction qu'il conserva même pendant les plus mauvais jours de la révolution. Son bisaïeul, Pierre-François, a été trésorier de la même église, premier échevin et conseiller de la Chambre de commerce. Entré au conseil de la fabrique le 10 Décembre 1849, M. Chamonin de St-Hilaire fut amené, par raison de santé, à donner sa démission de trésorier le 12 Décembre 1854 ; puis de membre du conseil le 24 Février 1855.

Le 16 Avril le conseil lui vota des remerciements pour l'ordre qu'il avait mis dans la comptabilité et le zèle qu'il avait montré dans la direction et dans la surveillance des travaux. Le 31 Octobre suivant, le conseil signait l'apuration définitive de ses comptes de finances, à la suite d'un rapport détaillé sur les affaires administratives et financières de l'église qui lui était présenté par le trésorier démissionnaire.

(1) Cette proposition était appuyée d'un avis motivé de M. L. Develle, architecte de la ville et de l'église.

n'ait approuvé ce qui avait été fait jusques là. Quant à ce qui restait à faire pour l'avenir, il n'y avait, entre les savants consultés, d'autre divergence d'opinion que des détails sans importance sérieuse.

La mort prématurée du père Martin n'a pas permis de recevoir ses instructions écrites (1), celles qu'il importerait surtout d'avoir pour éviter le vague et l'incertitude.

Aujourd'hui les raisons d'agir sont ce qu'elles étaient en 1853 ; il faut donc se replacer où l'on était alors ; faire appel à un homme compétent et suffisant pour résoudre les difficultés ; arrêter enfin le plan de la restauration qu'il faudra effectuer successivement et à mesure que les ressources de la fabrique le permettront.

Si l'on avait d'autres desseins à proposer, il faudrait les mettre à l'étude et en faire un choix, et se préparer à passer au-dessus des difficultés que le meilleur projet lui-même fera nécessairement surgir. Il sera aussi bon de consigner d'une manière nette et catégorique la décision prise et les motifs qui l'appuient. Il faut que nos successeurs puissent s'édifier à ce sujet et puiser à la même source les mêmes convictions. Les registres de la fabrique leur en fourniront les moyens.

Cela ne sera pas superflu.

La restauration de l'abside dans son style primitif est une idée bien simple et si naturelle qu'il ne semble pas possible d'en adopter une autre, et pourtant cette idée a été contestée, méconnue, dénigrée, travestie.... Il faut donc l'assurer, la garantir, la mettre à l'abri de toute discussion nouvelle.

Une seconde question, non moins importante que la première, est celle-ci : Quelles ressources faut-il assurer ?

Ici la carrière est plus vaste et les sentiers plus nombreux.

Tout-à-l'heure c'était à l'archéologue, au savant de prononcer ; ici c'est à l'homme pratique.

Quelles sommes le service ordinaire de la fabrique peut-il laisser en réserve ? — Quelle part le gouvernement prendra-

_____

(1) Nous pensons qu'aucun travail graphique ne lui avait du reste été demandé.

il à l'œuvre? — Quel concours le zèle des fidèles apportera-t-il? Quelles sont les chances de succès d'une souscription volontaire? — D'autres procédés pourraient-ils être mis en avant? Une loterie par exemple?

Nous n'entendons pas résoudre ici toutes ces questions, mais nous croyons devoir fournir quelques détails sur ce qui a été fait dans le sens de cette dernière combinaison.

Le 13 Mars 1852, M. P. Chamonin-de St-Hilaire soumettait à M. le Préfet du Nord un exposé de motifs et un projet d'organisation (1); lui proposant la nomination d'un comité de surveillance (2). M. le baron Taylor en aurait été le président à Paris.

Le capital de la loterie aurait été de 1,500,000 fr., dont 500,000 consacrés à l'achat des lots et primes, et le reste pour couvrir les frais des œuvres pour lesquelles la loterie était instituée.

Parmi les lots et primes, M. Chamonin faisait entrer la plupart des productions des artistes et gens de lettres dunkerquois (3).

M. le Préfet approuva les projets et se montra disposé à

---

(1) Le projet de l'honorable initiateur comprenait deux parties bien nettement exprimées.

1º La restauration complète de l'église St-Eloi;

2º La fondation d'un hôtel pour la *Société Dunkerquoise* et tous ses annexes; salle pour ses séances, ses collections, sa bibliothèque, etc.

(2) Les membres proposés étaient: MM. De Clebsattel, député au corps législatif; B. Delattre, ancien maire; De Coussemaker, juge; Mollet, maire; Edouard Hovelt, et Victor Derode.

(3) Parmi les œuvres qu'il signalait à l'attention de M. le Préfet, nous citons les suivants:

Une statue en marbre d'Elshoecht; un groupe en bronze à mettre au concours et consacrant le souvenir des 13 amiraux dunkerquois; quelques tableaux de peintres dunkerquois; 20 exemplaires de l'*Histoire de l'Harmonie*, de M. E. de Coussemaker; 50 exemplaires de l'*Histoire de Mardick*, par M. De Bertrand; un pareil nombre d'exemplaires des *OEuvres complètes* de M. B. Kien; l'*Histoire de Jean Bart*, de M. Vanderest; les ouvrages de M. L. Debaeker: *les Flamands de France*, *l'Histoire de la ville de Bergues*, *l'Histoire de Sainte-Godelive*, *la Biographie de Gérard Van Mekeren*. — Des morceaux de musique dus à des artistes dunkerquois.

Nous citons, pour être complet, deux autres ouvrages indiqués dans ce même tableau: l'*Histoire de Dunkerque*, par Victor Derode, et *la Monographie de l'église St-Eloi* par le même, et nous exprimons notre reconnaissance pour cette encourageante distinction.

aider à leur réalisation ; M. le Sous-Préfet n'était pas moins favorable (1).

Le prince Napoléon promit sa haute protection et laissa, espérer qu'il aurait obtenu les verrrières pour une des chapelles.

Diverses circonstances firent ajourner tout cela. Une opposition sourde, la force d'inertie que rencontre à Dunkerque tout ce qui paraît nouveau, des obstacles élevés à plaisir par la malveillance, ralentirent l'impulsion et refroidirent le bon vouloir de l'autorité, qui trouva peut-être plus simple et moins onéreux de s'abstenir en présence du défaut d'entente chez les parties intéressées.

En 1856, le bureau de la fabrique voulut reprendre l'œu-

(1) On pourra s'en convaincre par les citations suivantes que nous extrayons des discours prononcés par ces fonctionnaires :
Le 10 Octobre 1852, lors de la pose de la première pierre de l'école des frères de la doctrine chrétienne, M. Besson disait : « ..... La religion, qui est le premier besoin des peuples, se révèle tout d'abord par la splendide importance ds ses édifices. Dunkerque est fière de son église de St-Eloi, et la restauration de ce monument est l'objet des soins les plus intelligents. »
Quelques jours avant (26 Septembre), M. A. Paillard, sous-préfet de l'arrondissement, dans le discours qu'il prononça lors de l'installation du Conseil municipal, tenait un langage analogue :
« Une longue incurie, disait-il, avait mis en danger la magnifique église
» St-Eloi, l'orgueil de Dunkerque, le seul monument religieux qui, dans
» le département du Nord, ait survécu aux fureurs de la guerre et aux
» orgies du vandalisme. Le salut du temple est désormais assuré. Mais. il
» s'agit de lui rendre sa splendeur antique. Un de vos estimables conci-
» toyens (*) a conçu le projet d'une restauration complète de St.-Eloi : M.
» le Préfet, dont le grand cœur comprend si bien les pensées généreuses
» que son esprit vigoureux n'abandonne qu'après les avoir menées à fin, a
» accueilli les ouvertures qui lui ont été faites. J'ai bon espoir, Messieurs,
» que vous verrez avant peu St-Eloi vengé des injures du temps et des ou-
» trages de l'ignorance.
» La restauration de notre église est une entreprise digne de l'ère nou-
» velle, inaugurée par la restitution de Ste-Geneviève au culte. »
Antérieurement encore (7 Mars de la même année), dans son discours à la Société Dunkerquoise, ce même fonctionnaire avait dit :
« Cette restauration, commencée à travers tant d'obstacles, de notre
» église St-Eloi.... »
La Commission historique du Nord, la Société Dunkerquoise et la Société des Antiquaires de la Morinie, etc., témoignèrent aussi leurs sympathies pour l'œuvre entreprise et leur satisfaction pour les difficultés vaincues. Malheureusement pour l'église et pour la cité, la santé de celui qui prenait l'initiative, devait trop tôt faire défaut.

(*) M. Chamonin-de St-Hilaire.

vre quasi-abandonnée et la réduire à de plus modestes proportions ; mais il n'a pas continué ses premiers efforts qui, probablement, n'ont pas eu le succès désiré.

Faut-il renoncer à voir reprendre un si désirable effort ? — Nous nous plaisons à penser que tout espoir n'est pas perdu.

Une religion sans culte, ce serait une âme sans corps ; un être sans analogie avec notre humanité ; disons plus : une révolte contre le bon sens.

Que le culte entraine des dépenses ; que pour y faire face, il faille une source régulière de revenus... Ce sont là de ces choses élémentaires que personne ne viendra sérieusement contester.

Les fidèles l'ont compris ; de tous temps ils ont regardé comme de bonnes œuvres ces dotations qui assurent, au culte, un exercice convenable ; qui augmentent le patrimoine des pauvres et servent à étayer l'édifice de la société religieuse.

Leurs libéralités ont revêtu des formes diverses. Tantôt ce sont des dons en nature (1), tantôt des portions d'héritage (2), tantôt des fondations pour assurer l'aumône (3). Tantôt l'obole des pauvres est discrètement versée dans les troncs où Dieu seul la voit tomber (4), tantôt ce sont des offrandes apportées au service divin (5).

(1) Dans les extraits que nous allons transcrire nous avons dû nous borner, sous peine de copier des volumes entiers. Chaque citation peut donc être considérée comme le spécimen d'un certain nombre d'articles analogues.

(2) Parmi les terres qui appartenaient à l'église St-Eloi, il en est deux que nous croyons pouvoir citer : l'une mentionnée au compte de 1561 : « ... Rente héritable que l'église a le droit de prendre sur les jardins » appelés *Coolhoven* ... » 30# de gros, 225 fr.; environ 3,000 fr. de nos jours ; l'autre citée au compte de 1647 : « ... Terre nommée en thiois » *Het Kerckeslick* (boue de l'église), depuis longues années stériles ... » n'ayant servi qu'aux immondicités de la ville ... située à l'orient et à » l'occident de la nouvelle rue de l'Eglise ; au nord de la rue des Remparts » vieux et nouveaux .., »

(3) Voir le registre des biens appartenant à l'église St-Eloi.

(4) En moyenne les troncs des deux paroisses rapportaient annuellement de 12 à 1500 fr. en tout. En 1729, ils ne donnèrent que 138# 2ſ, somme en rapport avec l'état de ruine où se trouvait la ville.

(5) En 1559, « les bonnes gens qui allèrent à l'offrande le jour de la

Un article que les registres des comptes de l'église mentionnent le plus fréquemment, c'est le produit des quêtes (1).

Après les quêtes où les offrandes sont volontaires, viennent les droits dits de fabrique qui furent réglés par un tarif souvent remanié (2). Ils comprenaient les frais de la pompe funèbre, ceux de la sépulture (3), l'usage des cloches (4), l'emploi du luminaire (5), le loyer des bancs et des chaises (6). Ces divers chapitres vinrent à leur tour grossir les revenus de l'église (7).

» Toussaint y déposèrent 7 deniers. » Cette somme équivaut à 12 ou 15 francs de nos jours. Il faut noter que la ville venait d'être saccagée, et se souvenir que, en 1856, les offrandes réunies des deux paroisses atteignent rarement ce chiffre. Alors ce revenu était attribué à la fabrique, aujourd'hui il fait partie du casuel des ecclésiastiques.

La même année 1559, la messe Ste-Catherine avait eu à l'offrande 9 esc. 11 d. (35 à 40 fr. de notre monnaie). Celle de Ste-Barbe, 6ſ 3 (22 à 25 fr.) En 1605, l'offrande de la messe Ste-Croix donnait 35 escalins, c'est environ 70 fr. de nos jours.

(1) En 1559, les quêtes faites dans l'église produisirent 14₶ 13 (11 à 1200 fr. de nos jours). La recette du jour de N.-D., le deux du *mois des foins* (Juin) est de 3ſ 8 (19 à 20fr.). En 1560, les quêtes produisirent 8ſ 2 ; En 1562, 17 11ſ ; 1563, 24 17ſ ; 1566, 3₶ 1ſ. Conséquence des troubles qui agitaient le pays et le ruinaient. — En 1605, sous le règne d'Isabelle, 3₶ 19ſ; en 1623, 64₶ de gros; en 1672, 91₶; en 1674, 182₶ 16ſ; en 1675-1595, 15ſ; en 1682, 2320₶ 6ſ. » Influences de la domination française, de la franchise du port, etc. Les quêtes réunies des deux paroisses produisent aujourd'hui à peu près ce qu'elles donnaient en 1559 !

(2) En 1560, les droits de fabrique rapportaient 277₶ 1 (environ 2,100 fr. de nos jours); en 1561, 1170₶.

(3) 1623, 27₶ de gros; 1646, 170₶ de gros; 1664, 3078₶ tournois.

(4) Les cloches rapportaient en 1623, 808ſ 5 esc. de gros (plus de 6000₶ tournois! ; en 1640, 447₶ 10 esc.; 1646, 462₶; 1647, 467₶; 1664, 491₶; 1665, 800 florins; en 1668, 992₶ tournois; en 1708, 5227₶... »

(5) Cette partie du revenu était quelquefois abandonnée gratuitement au *Coutre*. Cela est mentionné particulièrement aux comptes de de 1559, 1674, 1682.

(6) En 1750, il y a cent ans, la ferme des chaises était adjugée à 500₶ tournois; douze ans après, elle s'élevait à 1200₶; par une ordonnance de l'échevinage, en 1767, on fixait le prix d'une chaise à 2 liards, sauf pour 15 fêtes indiquées où il était porté à un sol; en 1768, on adjugeait pour 3000₶. Plus tard on alla jusqu'à 15000₶; aujourd'hui la ferme des chaises est à St-Jean-Baptiste, de 5,200 fr; à St-Eloi, de 11,000 fr. environ.

(7) Les revenus proprement dits pour rentes de biens ruraux et autres présentent des variations et sont en rapport avec les circonstances générales de la propriété publique. 1621, 98₶ de gros; 1641, 116₶; 1649, 143₶; 1656, 158₶; 1662, 130₶;... 1670, 1831₶ tournois... 1708, 33,57₶; 1729, 3,463₶; 1751, 5,597₶; 1755, 3,639₶; 1767, 5791₶...

D'autres fois et comme indemnité des pillages ou des exac-
tions dont l'église avait eu à souffrir, le roi lui assignait une
part des amendes imposées aux rebelles (1), ou des biens qu'on
leur confisquait (2), ou enfin des prises que leur enlevaient
les corsaires dunkerquois (3).

De son côté, justement libéral envers l'église paroissiale,
l'échevinage lui réservait une prime sur plusieurs de ses
recettes, par exemple, la balance publique, le mesurage
et autres (4). Le droits des boissons (5), la vente des

(1) Dès 1560 on voit portés aux comptes des recettes : « ..... *Anciens
» droits de condamnations....* » Au compte de 1566, figure pour 26₶ 6
le *kerkgelt* (argent de l'église) imposé a Denys Naymann. Voir ***Histoire de
Dunkerque***, page 161.

(2) Le célèbre autel du duc de Parme (***Histoire de Dunkerque***, page 185)
fut payé par ces produits.

(3) Parmi de curieux articles de cette catégorie, nous reproduisons les
suivants :

« 1589 ...... Reçu de Cornille Martin, receveur des prises pour la prise
» d'un Nicolas Janssens, de Rotterdam, par le capitaine Léon Colaert, et
» amené en cette ville le 14 Novembre 1588, 25 florins..... Donné à l'église
» par compte passé par-devant ceux de l'amirauté, le 18 Février 1589...
» 4₶. »

« .... Reçu le 17 Mars de Jacques de La Becque, 30 florins donnés à
» l'église par ordre de MM. de l'amirauté, pour la prise faite par certains
» François... Prise d'une buse de harengs le 27 Avril, d'Antoine Daniel,
» par Jacques-Corneille Vandergrass, à l'église, 51₶. »

« Prise d'un navire chargé de sel, le 25 Février 1589, 3₶. »

Le total des recettes de 1561 est de 1170₶ de gros, ce que nous éva-
luons à 80,000 fr. de nos jours. A l'époque où nous vivons, la ville étant
trois fois plus peuplée qu'alors, la recette des deux fabriques ne s'élève
que de 25 à 30,000 fr., dont 12 à 15,000 fr. pour St-Jean, et le surplus pour
St-Eloi. C'est-à-dire que les recettes ne sont relativement pas la dixième
partie de ce qu'elles étaient autrefois.

(4) Le droit de balance consistait en un liard du cent pesant de toutes
les marchandises qui se pèsent dans la ville, outre les frais et salaires des
ouvriers employés pour charger et décharger la balance. Frais qui s'éle-
vaient à 15 deniers tournois de chaque cent pesant.

Le droit de mesurage consistait en quatre sols par cent rasières, mesure
de terre ou d'eau de toutes les marchandises qui se mesurent dans le port
ou les canaux ; six deniers de ce qui se mesure sur le marché, et trois deniers dans la ville.

Le droit sur les bois consistait au cent-vingtième denier de la valeur de
tous les bois entrant à Dunkerque ou en sortant.

Le droit de peage et passage consistait en 16 deniers parisis de tous les
colis passant par la ville. Les bourgeois de Dunkerque en étaient exempts.

(5) En 1529, l'église percevait de ce chef environ 100₶ (750 fr.); en

grains (1) et encore la mutation des biens (2). La boucherie (3), le droit de bourgeoisie (4), les testaments (5), les brasseurs, tant de la ville que du territoire (6).

Ces procédés étaient trop voisins de l'abus et entraînaient trop de récriminations ; aussi une des premières réformes de l'administration française, après l'adjonction définitive de Dunkerque, fut la suppression de ces divers impôts.

Outre les revenus que nous venons de passer rapidement

1600, environ 300₶; en 1625, un article y relatif est ainsi conçu :
« Concernant les profits que l'église avait coutume de tirer des cantines
» de la garnison, en contemplation des dommages que l'église souffre dans
» son droit d'accise par les grandes fraudes causées par les mêmes canti-
» nes, reçu la somme de.... Mémoire ».
En 1655, la perception de ce droit donnait chaque mois 400 florins, soit par an 4,800 florins; en 1667, elle donnait 500 florins par mois, 5,600 florins par an.

(1) Au compte de 1559, ce droit exigé de ceux qui achetaient du blé pour l'emporter était de 6 *peunes* pour chaque rasière d'orge ou d'avoine, et de 4 *peunes* pour chaque rasière de *mout*..... Au compte de 1672, on trouve cette mention : « Le droit sur les grains, seigle, soucrion, *mout* et
» autres qui sont envoyés hors de cette ville et juridiction, tant par eau
» que par terre, est... aboli... »

(2) Au compte de 1672 on lit : « Touchant le droit appartenant à l'église
» des biens appartenants aux étrangers qui ont vendu aux assemblées,
» étant trois liards de deux sols que les valets de *Coopinck* de chaque
» livre de gros étoient accoutumés de profiter... est aussi aboli. »

(3) Au même compte : « Pour chaque nouveau maître boucher enfants
» bourgeois doivent payer en l'entrant audit métier deux livres de gros,
» argent de Flandre et pour la table des pauvres et l'église chacun dix
» eschellins et vingt eschellins pour la chapelle St-Antoine. »

(4) « A L'église appartient pour chaque nouveau bourgeois quatre gros
» argent de Flandre vient pour l'année du présent compte (1672) à raison
» de cinq bourgeois la somme de dix sols... »
Au compte de 1674. « A l'église appartient pour chaque réception de
» chaque nouveau bourgeois 4 grois vient pour cette année 300₶ » ; en 1682, le droit ne produisit que 4₶ 2ſ 6 d.

(5) En 1559, ce droit rapportait 20 sols de gros, ce qui équivaut à 75 ou 80 francs de nos jours.

(6) 1559, ils produisaient pour les bières de la ville, env. 100₶
                                        du dehors,   29₶ 15ſ
              pour les brasseries hors la ville, 10ſ 4 d.

en revue, il y avait encore le *Kerkgelt* (1), le *Pondgelt* (2), le *Lastgeld* (3), le *Ballastgeld* (4), qui dans les registres écrits en français conservent leur appellation flamande.

L'administration des biens de la paroisse reviendrait de droit au pasteur. Si le soin bienveillant de l'honneur sacerdotal n'eût écarté, dès l'abord, tout ce qui auprès des hommes grossiers ou prévenus, aurait pu en amoindrir l'éclat, c'est par une sage prévoyance que le soin de la partie financière ou matérielle de l'administration des paroisses a été déléguée à des hommes laïcs, agissant avec les curés, sous la direction et la surveillance de l'évêque.

Autrefois les échevins, personnification de la commune, étaient les marguillers naturels. Ils déléguaient, pour les détails et la comptabilité, une personne de leur choix, tout en conservant le droit d'examen et de contrôle.

Les échevins étaient donc appelés à admettre au service de la paroisse tout le personnel, à la réserve du curé qui était envoyé par l'évêque.

Une législation nouvelle et de plus en plus nette régit aujourd'hui la matière. Nous renvoyons le lecteur que la

---

(1) Il paraîtrait que le *Kerkegelt* (argent d'église) était un impôt exceptionnel comme les amendes. On voit du moins figurer au compte de 1559, la part de Denys Nayman.

(2) Le droit du *Pondgelt* consistait en un patard de la livre de gros ou deux deniers par livre tournois (cent vingtième denier) du montant brut de toutes les marchandises qui se vendaient ou se troquaient, appartenant aux étrangers ou forains, manants, non bourgeois de la ville de Dunkerque, qu'elles fussent vendues ou troquées par eux ou leurs commissionnaires.

(3) Au compte de 1670, on lit : « ... L'argent d'église et l'argent dit en
» flamand *Lastgelt* de l'année 1670, laquelle église a coutume de profiter,
» savoir de chaque lest de hareng surée 12 gros comme aussi des ma-
» queraux, poissons salés, cabillau, saumon, etc., vendu par les étrangers;
» aussi du poisson le 40e et 150e denier des harengs pressés par ceux de
» cette ville dont la présente année n'a été reçu que 100 livres tournois. »

(4) Cet impôt était perçu moitié pour l'église, moitié pour la ville; le roi le supprima par arrêt de Septembre 1671. Cependant on lit au compte de 1674 : « Touchant le droit dit *Ballastgelt* lequel on est accoutumé à don-
» ner en ferme... a été ci-devant collecté par le ferreur de l'arbre à l'entrée
» du port et Jean Senesal, bélandrier... »

chose intéresse, au traité de l'administration des paroisses par M. Affre (1).

Nous avons dit quelques mots des revenus de l'église St-Eloi, nous exposerons quelques détails sur ses dépenses.

Alors que les charges n'étaient pas encore bien déterminées, la fabrique gérait son bien comme une mère plutôt que comme une administration. -

Elle se chargeait de l'éducation, de la nourriture et de l'entretien, etc., des quatre enfants de chœur. Elle leur préparait une petite épargne pour l'époque où ils auraient embrassé une profession. Elle pourvoyait au traitement, à la nourriture, au logement de leur maître d'école, de leur maître de chant. Elle soignait la *table des pauvres;* institution dont nous parlerons par la suite; l'*entretien des lépreux*, et quand la lèpre eut disparu, elle reporta cette allocation à des voyageurs et à des secours qui aujourd'hui sont, dans les attributions des *bureaux de bienfaisance*, une de ces nombreuses créations charitables qui, au temps de leur maturité, se sont détachées de l'arbre qui les avait produites et ont été vivre à part.

La fabrique devait faire face aux dépenses d'entretien, de logement, chauffage, etc., de la plupart des prêtres habitués; au traitement des vicaires, des prédicateurs étrangers et des employés de tout degré dont le nombre était de trente environ. Parmi eux figure le chapelain de Pierkenpaps (c'est ce que nous nommons aujourd'hui le Rosendael), les épistolaires, les chantres, le Roeman ou Roedrager, du chasse-chien, le sonneur, etc., etc. (1).

_____

(1) Paris 1829, in-8°.

(2) Il paraît que l'habitude d'appeler les prédicateurs étrangers n'est pas récente. Parmi beaucoup de preuves nous choisissons un article du compte de 1580 : « ... Pour une lettre portée à Nieuport pour y quérir Pierre » Evrard, prédicateur, 6 soubz... Ce port de lettre (coutant 15 fr. de nos » jours) montre combien ce service des postes s'est amélioré. Au compte de » la même année, on trouve : « A Arnould Wasenberg, prédicateur de la » paroisse de Dieu, pour sa pension du mois de Décembre 5₶ 10ſ (de » gros); 1671 ... aux capucins, pour avoir prêché l'avent et le carème 105₶ » (tournois); 1698, au sieur Pierre Faulconnier; syndicq des Récollets, » pour la prédication en flamand au carème et avent, 105₶; 1715, aux » Récollets, pour la rétribution ordinaire de la station prêchée en français » de l'église paroissiale, 110₶; aux mêmes, pour une pièce de vin que le

A ces dépenses il faut ajouter la maison de travail, l'entretien de la chapelle N.-D. de la Fontaine, aujourd'hui N.-D. des Dunes, et surtout la musique.

Nous avons souvent cité les registres des comptes ; nous pourrions leur faire encore un très-grand nombre d'emprunts, mais sans nous laisser aller aussi loin que les curieux renseignements de cette source le permettraient, nous croyons devoir relever quelques traits spéciaux dont ils consignent les détails avec cette prolixité naïve de l'époque.

Ici ce sont des prêts faits par la fabrique à tel corps de métier dont les finances étaient gênées ; là ce sont des prêts de même genre à des artisans honnêtes et malheureux ; d'un côté ce sont des bagues nuptiales dégagées du mont de piété où la misère avait contraint quelques bonnes femmes de les mettre en dépôt ; ce sont des secours accordés à des militaires voyageant isolément ; d'un autre côté... ce sont des messes célébrées pour « le repos des âmes des marins dunkerquois » morts pendant la présente guerre, ou qui viendraient à y » périr ». Ce sont des étrennes généreusement distribuées, des détails sur le *bon Vendredi* (le Vendredi Saint), des rançons payées pour des compatriotes rachetés de l'esclavage.

Ailleurs les registres nous rappellent des souvenirs locaux qui, sans cela, se perdraient et qui tendent à s'effacer. La *Goldmesse* (Messe d'Or), la Messe *Missus* qui se célèbre le Mercredi avant Noël pour les voyageurs, et pendant laquelle le doyen des déchargeurs faisait la quête dans l'église. Des mots techniques qui s'en vont : *Peldre*, pour drap mortuaire ; *Proues*, pour désigner nous ne savons quelle sorte d'aumône ; ... *Eselstraete*, pour désigner une rue qu'on ne retrouve plus à Dunkerque, etc., etc. Des mots naïfs comme celui que rappelle l'épitaphe : « *Ci git Gabrielle Lecœur et* » *son mari* ... » L'usage des billets de confession, l'habitude d'afficher aux portes des églises, etc., etc.

Nous y avons vu avec un sentiment que chacun partagera, l'existence de titres historiques de la plus haute importance,

---

» magistrat leur accorde annuellement en considération des devoirs faits
» par leur stationnaire François qui continue tous les Dimanches et les
» fêtes de l'année... 50fr »

des bulles papales concernant les confréries érigées dans la paroisse, titres aujourd'hui détruits ou perdus! mais dont l'inventaire nous a fait savoir que la confrérie du Sacré-Cœur était organisée dans la paroisse il y a plus d'un siècle (1751).

En parcourant cette longue série de registres, nous avons rencontré une foule de noms propres de la localité, les uns sont tout-à-fait obscurs, d'autres ont acquis quelque lustre par la fortune et le commerce; d'autres, en plus petit nombre, appartiennent à l'histoire, et leur vue au milieu de ces feuilles poudreuses réjouit l'explorateur. Nous nous bornerons à citer Colaert, Rombout, Dewaken, Jacobsen, Saus, St-Pol, Dekeyser, Jean Bart et plusieurs de ses ascendants, ce qui, soit dit en passant, met au néant cette allégation que nous avons lue quelque part : Jean Bart n'est pas Dunkerquois; sa famille n'habitait pas Dunkerque (1).

L'église St-Eloi a été visitée par d'illustres personnages. En témoignage de leur présence, leur écu prenait place au chœur à côté des signes semblables des princes qui les avaient devancés (2). Ne pourrait-on pas rétablir cet usage? Des prélats, des évêques y sont aussi venus; pourquoi ne consacrerait-on pas ce souvenir? et ne verrait-on pas figurer dans cette galerie l'évêque de Palerme, celui de Tolède, de Liège, d'Arras, d'Ypres, de Cambrai, sans oublier notre compatriote l'évêque de Cleveland (Amérique), et le saint martyr archevêque de Keriatim, Mattheo Nakar (patriarche)?

Ce vœu, que la piété, la reconnaissance, un juste soin des

---

(1) Au compte de 1563, on voit figurer Antoine Bart, maître de pêche, qui fournit 6₶ 19ſ pour le filet-saint. Au compte de 1565, un autre maître de pêche, Jean Bart (qu'il ne faut pas confondre avec le chef d'escadre, né un siècle après), fournit pour la même cause, 5₶ 11ſ. Au compte de la ville de 1548, est cité Pierre Bart, qui tenait en loyer deux arches de l'enceinte fortifiée « près de la portelette de Fer. » Au registre des biens de l'église sous la date du 1er Septembre 1588, est inscrite une maison nommée *Sacraments huys*, dans la rue *Ostporte*, tenant à la maison des « hoirs Jean Bart Le Vieux... » On se rappelle Nicolas Bart, qui le premier tenta, en 1619, d'assécher les Moëres.

(2) Ce serait certes une galerie historique doublement intéressante que la série des écussons de Charles-Quint, des princes de sa suite; de Philippe II; du prince d'Anjou, d'Isabelle l'infante, de la dame de Vendôme, du cardinal, de Turenne, Condé, Louis XIV, la reine, Pierre-le-Grand, Charles X, Napoléon, et une foule d'autres qu'il est superflu d'indiquer ici.

souvenirs se réunissent pour appuyer, recevra un jour son exécution. En attendant, nous donnons ici la liste de quelques curés de St-Eloi, dont les noms sont fournis par les registres des comptes.

1452. Nicaise Gratens (Faul. 1, 35).

1505. Arrivée du curé moderne (sic).

1519. Lyon (Léon?) Vult. Celui sans doute que Faulconnier appel Léon Wouters, 1528.

1559. Vandenbrouck.

1585. Martin Baert.

1588. Philippe Padre.

— Boudeloot.

1620. Gérard Rosseel.

1630. Pierre Persyn, ✝ 1633.

1632. Pierre Middelen.

1647. J.-B. Colaert.

1651. Ig. Vandercruyce, qui refusa serment à Cromwell.

1679. Gervais Desvignes.

1703. Chaussepied de Puits-Martin.

1715. Deswaerte.

— Decraeque.

1753. Grammont.

1767. Thierry.

1786. Macquet.

1791. Schelle.

1803. Depoix.

1820. Palmaert.

1841. Delaeter (Charles).

Quant au reste du personnel, il y aurait beaucoup à dire pour renseigner sur les vicissitudes qu'il a éprouvées; nous dirons seulement qu'au XVIe siècle il y avait, outre le doyen-curé Adrien Vanden Broucke, un curé-chapelain et cinq vicaires.

Au XVIIe siècle, à ces fonctionnaires on avait joint trois épistolaires, un sacristain, sept musiciens, sans compter le maître de chapelle; quatre enfants de chœur; à quoi il faut ajouter un clerc, quatre petits bedeaux, un bedeau porte-verge; un organiste et son accessoire obligé, le souffleur... En outre le chapelain du port, citadelle et hâvre de cette ville.

Au XVIIIe siècle, on y ajouta le chapelain de la basse-ville, ou vicaire de St-Eloi vieux.

Quand vint la révolution de 1792, le curé constitutionnel Schelle avait pour vicaires cinq prêtres assermentés : Emmery, ex-religieux de St-Winoc; Morel, Huische, Baligand et Lotter; Devilliers était sacristain. Les habitués étaient Meignot et Crepin, prêtres ; puis Guerrier, ex-curé du Cap-Français.

En terminant cette notice sur l'église St-Eloi, nous croyons devoir déclarer que si nous n'avons pas fait un travail analogue sur l'église St-Jean-Baptiste, c'est que tout manque à cette fin. L'édifice est tout moderne et n'a rien qui intéresse l'art. Les archives font défaut et l'histoire n'a rien à dire (1).

Quant à l'église future de la Basse-Ville, nous en avons bien vu le plan dressé par M. Develle ; il y a fait preuve de ce goût pur et de cette parfaite intelligence de l'art que chacun lui connaît ; mais l'historien ne peut s'occuper que du passé, et ne peut consigner ce qui est encore à naître.

FIN

(1) Tout récemment et à l'occasion du renouvellement du dallage de l'église St-Jean-Baptiste, on a mis au jour la pierre tombale de Pierre Faulconnier, grand bailli de Dunkerque et père de l'historien de cette ville. Cette pierre porte l'inscription suivante :

DOM — ICY REPOSENT — LE SIEUR PIERRE FAULCONNIER — EN SON VIVANT ESCUYER ET GRAND BAILLY — DE LA VILLE ET TERRITOIRE DE DUNCQUERQUE — L'AYANT ESTÉ L'ESPACE DE 31 ANS — DÉCÉDÉ LE 7e DE NOVEMBRE DE L'ANNÉE 1674 — ET — DAME MAGDELENE HENDRYCKSEN — SON ÉPOUSE — DÉCÉDÉE... LE... DE... — DE L'ANNÉE... — REQUIESCANT IN PACE —

Les armoiries qui figurent en tête sont :

1° A droite, Faulconnier qui porte : d'or à trois roses de gueules boutonnées de champ, mises en bandes entre deux cottices d'azur, accompagnées de deux faucons au naturel, chaperonnés de gueules;

2° A gauche, Hendrycksen qui porte : d'or à un chevron d'azur accompagné de trois merlettes de sable.

Sur un des confessionnaux (le premier à main gauche du spectateur en entrant), se trouve répété, sur un bas-relief en bois, un écusson tout semblable, ce qui permet de penser que c'est un don de Faulconnier, qui, d'ailleurs, était syndic des Récollets.

On dit qu'à St-Eloi il existe un confessionnal semblable.

ERRATA.

PAGE	LIGNE	AU LIEU DE :	LISEZ :
8	8	l'entourait	l'environnait
10	21	poligonale	polygonale
18	24	muraille	muraillée
»	26	qu'il n'y en a	qu'il n'y en avait
25	39	et quatre toits pigra	et quatre toits pyra-
26	25	conséquence pour	conséquence pour faire connaître
27	27	poinçonné	poinçonnés
47	45	commandants	commandant
51	39	Le remier	Le premier
52	40	côté est	côté Est
58	15	Sauf les chapelles	Sauf pour les chapelles
»	54	Cette commission comprenait	La commission chargée de ce soin comprenait
64	29	1834	1857
66	39	Marcadi	Marcadé
70	8	pas ?	pas !
»	20	indispensable...	fort désirable....
80	57	paroisse	parole

Dunkerque. — Typographie Benjamin KIEN, rue Nationale, 22.

www.ingramcontent.com/pod-product-compliance
Lightning Source LLC
Chambersburg PA
CBHW060454260626
47161CB00005B/2106